中国当代文学名家精品集

千年一瓣香

申瑞瑾 著

成都地图出版社
CHENGDU DITU CHUBANSHE

图书在版编目（CIP）数据

千年一瓣香 / 申瑞瑾著 . -- 成都 : 成都地图出版社有限公司 , 2025.5. --（中国当代文学名家精品集）.
ISBN 978-7-5557-2808-5

Ⅰ.I267

中国国家版本馆 CIP 数据核字第 20254SR880 号

中国当代文学名家精品集：千年一瓣香
ZHONGGUO DANGDAI WENXUE MINGJIA JINGPIN JI: QIANNIAN YIBAN XIANG

| 著　　　者：申瑞瑾 |
| 责任编辑：沈　蓉 |
| 封面设计：李　超 |

出版发行：成都地图出版社有限公司
地　　址：四川省成都市龙泉驿区建设路 2 号
邮政编码：610100

印　　刷：三河市人民印务有限公司
（如发现印装质量问题，影响阅读，请与印刷厂商联系调换）

开　　本：710mm×1000mm　1/16
印　　张：13　　　　　　　字　　数：200 千字
版　　次：2025 年 5 月第 1 版
印　　次：2025 年 5 月第 1 次印刷
书　　号：ISBN 978-7-5557-2808-5
定　　价：68.00 元

版权所有，翻印必究

《中国当代文学名家精品集》
编 委 会

主　编　王子君

副主编　沈俊峰　陈　晨

编　委（按姓氏音序排列）

　　　　陈长吟　陈　晨　韩小蕙　李青松

　　　　聂虹影　孙　郁　沈俊峰　王必胜

　　　　王子君　徐　迅　朱　鸿

出版说明

2023年春，教育部等八部门印发《全国青少年学生读书行动实施方案》。随后，122家国家语言文字推广基地共同发出"典耀中华"主题读书行动倡议。一些具有文化情怀的出版社和文化公司，立即响应，策划各种适合青少年阅读的图书，《中国当代文学名家精品集》书系应运而生。

《中国当代文学名家精品集》书系由北京世图文轩文化发展有限公司（下称"世图文轩"）策划，由成都地图出版社出版。我非常荣幸地受邀担任主编。

世图文轩成立于2010年，系北京市内乃至全国较有影响力的图书发行公司之一，曾获得"重合同守信用企业""诚信经营示范单位"等荣誉称号。长期以来，世图文轩和众多出版社就优质图书出版进行合作，获得了合作伙伴的一致好评。在"典耀中华"主题读书行动中，他们敏锐地抓住机遇，迅速策划主要以初、高中生为读者对象的大型书系选题，显现出他们的眼光、魄力与胸怀，以及对于文化市场的拓展理想。我相信，这样一家致力于图书策划、出版的公司，其品牌信誉是毋庸置疑的。

为成长中的青少年读者集中呈现名家优秀作品，是一件虽然困难，却功在当代、利在未来的大好事，我能参与其中，与有荣焉。我必须以一种高度的使命感、责任感以及担当精神来做好这个书系，成就这件大好事。

令人特别感动的是,刚开始组稿时,刘成章、王宗仁、陈慧瑛、韩小蕙、王剑冰、李青松、沈念等老师就对这个书系表现出极大的支持和信任,并在第一时间提供了书稿以示鼓励。很快,几乎所有得知此书系的作家都认为这是在为作家、为"典耀中华"主题读书行动做一件好事、大事。由此,我和我的临时编辑室成员获得了极大的信心,热情也更加高涨,此后连续十个月,我们整个身心都扑在了这件事上。

一个人只要用心做事,人们是会感受到的,也会默默地予以支持。事实上也是如此。随着组稿工作的开展,我们和作家们的沟通日益频繁,我们发现,他们除了都表现出对这个书系的兴趣与认可,对当代散文创作的发展、繁荣的前景,还有一种共同的期待与信心。这对我们无疑是一种更为巨大的鼓舞与动力。

组稿虽然也费了不少周折,但总体上比想象中顺利得多。当然,非常遗憾的是,一部分作者由于手头书稿版权等原因,未能加盟到这个书系。

组稿只是我们工作的一部分,更为具体、更为烦琐的,是审稿事务,它出乎意料的繁重,也占据了我们比预想的多得多的时间和精力。偶尔,我们也有点儿想放弃了,但是,想着这是一件功德无量的事,又兀自笑笑,继续埋头苦干。在这个过程中,感谢师友们对我们工作的配合、理解、支持与信任。

静下心来,切实感受审读、编辑工作的价值和意义。

书系里,名家荟萃,佳作如林。有的,曾代表过一种新的创作范式;有的,曾开启过一种创作方向;有的,对某一题材开掘出更深更独特的思想;有的,有引领某类题材与风格的新面貌;等等。毫不夸张地说,散文多角度多样式的表达,在这个书系里应有尽有,全景式、全方位地呈现出中国散文几十年的创作成果,是当代散文创作的一个缩影。

总体上,无论是题材、创作方法,还是思想容量,此书系都呈现了散文广阔的视野，让我们感受到散文天地的无垠无际。

具体来说，以下几个特点特别明显：

一、作者队伍可谓老中青完美结合。入选作者的年龄跨度最大达半个多世纪，上有鲐背之年的高龄名将，他们文学生命之树长青，宝刀不老，象征着老一辈散文家依然苍翠的文学生命力；最年轻的三十出头，他们雏凤声高，彰显散文创作的新生力量蓬勃兴旺的景象；一大批中壮年作家，是当代散文创作领域里当之无愧的中坚基石，他们的创作正处于繁花似锦的鼎盛时期，实力毕现。

二、题材多元多样，内容丰富多彩。书系中，既有涉及上下五千年历史的洒脱智慧的历史文化散文，又有让人惊艳的初次涉猎的新颖、独特题材。有人写亲情，有人写风景。有些人写自己的童年，让我们看到其成长时代；有些人写一个城市或一条河流的前世今生；有些人写自己对故乡的记忆，从更有新意的视角表现这个时代的巨变；有些人集中了自己几十年的写作精品，让我们看到他们的创作道路上的足迹；有些人专注于一个主题，开掘深挖，独具魅力；有些人关注时代、关注身边的人和事；有些人剖析自己的内心情感……总之，反映中华传统文化、红色文化和当代自然文学精粹的作品，在此书系里比比皆是，或温暖动人，或鼓舞人心。

三、风格百花齐放，个性特点鲜明。几十部作品，有的侧重写实，有的侧重抒情，有的注重开掘思想，有的追求内容唯美，有的描写细致入微，有的叙述天马行空……表现方式千姿百态。但无论哪种风格，无论如何表达，皆个性鲜明，情感饱满，呈现出思想性、艺术性、可读性兼备的特质，读者可以从中获得不同程度的启发，感受到散文的魅力。

四、女性作者跳出了人们对"女性散文"固有的观念。书系中占有一定比例的女性作者，她们的作品虽然仍保留细腻敏感的特色，但大都呈现出大气开阔、通透有力的格局。她们温柔而现代的行文表达，对读者来说有着更为别致的情感体验和人生借鉴意义。

总之，这个书系，将是我们打造阅读品牌的开端。如果你愿意静下心来阅读，你一定会有所收获。

习近平总书记在文艺工作座谈会上讲话时指出："优秀文艺作品反映着一个国家、一个民族的文化创造能力和水平。吸引、引导、启迪人们必须有好的作品，推动中华文化走出去也必须有好的作品。"我们希望，这个书系能成为读者眼里"正能量、有感染力，能够温润心灵、启迪心智，传得开、留得下，为人民群众所喜爱"的"优秀作品"。

在此，特别感谢沈俊峰、陈晨两位搭档的通力协作，我的编辑朋友梁芳、胡玉枝的倾力相助，以及世图文轩、成都地图出版社上上下下推进此书系出版的所有领导与师友的大力支持和耐心细致的工作。他们让我感受到了团队的力量。同时，也特别感谢出版方将我和我的搭档的作品纳入此书系，我们把此举视为对我们的"嘉奖"。

上述文字，不敢称"序"，不敢称"前言"，甚至不敢称"出版说明"，仅表达此书系的缘起和一些组稿、审读的感受，也许过于肤浅，还望广大作者、读者海涵。

《中国当代文学名家精品集》主编

目录

第一辑　千年一瓣香

千年一瓣香 / 3
比呼伦贝尔更辽阔 / 14
北天山纪行 / 23
河与瀑 / 40
大明屯堡的乡愁 / 43
西沱古镇的坡坡街 / 50
耒水上漂过的诗 / 58
海桐花开七里香 / 66
日照山海书 / 69
红豆的语言 / 75
鲁院的花事 / 80
华丽的大花苗 / 85
犹记荷花处 / 88

第二辑　人在草木间

四水寻茶 / 95
从茶荡漾开去 / 105

茶与故人 / 116

走在春天的茶香里 / 131

春风里飘过最早的茶香 / 133

家谱里的老家与故人 / 138

千年屋 / 159

溆水拾珠 / 173

外婆的窨子屋 / 184

溆浦人的五月半 / 187

云端上的溆浦花瑶 / 191

第一辑 千年一瓣香

千年一瓣香

一

我少年时代住在县政府大院。去食堂的小径，左侧是一排排办公楼，右侧有一幢南北向的两层砖楼，是组织部档案室。我家在小路起点右侧。一堵围墙，隔开了小院与小橘园，也隔离了小院与小路。春天的橘花香，常恣意钻进小院。而深秋，我总从院墙的小门右折，沿院墙一路小跑，趁人不备就闪进橘园。

橘园里估摸着就十几二十几株橘树吧，我惊讶于那些橘树与我童年见过的没啥两样，橘子却玲珑得像小灯笼，偷摘几个揣进裤兜里，都出卖不了我。袖珍、金黄、扁圆，拿回家把玩半天，闻着有异香，剥开一个：皮薄，瓣细，呀！那个甘甜，入口再难忘。父亲当年在政府办管后勤，说那是南丰蜜橘。

我在小院住了四五年。搬离后，就鲜有机会再走那条小径。有一年我去组织部档案室办事，发现橘园新起了办公楼。而橘树或被移植，或被砍掉，我都顾不上问。我与早熟的宫川、中熟的尾张及本土朱红橘都熟稔得如同老友。而南丰蜜橘，为何像一道闪电，划过少年的心房后就消失不见？

多少年来，每逢橘子上市，我都会到街上遛一圈，想寻找它，却再也没见过。早些年，偶然碰到说是南丰橘的，个头大些，皮厚些，也绝非少年的味道。

这几年怀化市场开始出现南丰蜜橘，还有跟它有些分不清的砂糖橘。前些天路过对面的水果店看到了它，问年轻的女店员："这是南丰蜜橘吧？"她很冷漠地回答说："不，是砂糖橘。"我说："这明明是南丰橘呀！"她还是面无表情地说："是砂糖橘！"砂糖橘甜得很没个性，而南丰橘有独特的口感。我本想试试，但她那张冷脸，让我却步。两天后，麻阳婆菜店有南丰橘了。我不放心，便问："是南丰橘吧？"麻阳婆说："对呀！"又问："哪里产的？"她说："麻阳。"我是明知故问，几年了，她店子上卖的不都是麻阳的嘛，但我潜意识里大概想听到"溆浦"两个字吧。有位老妇人凑过来，拈起一个橘左看右看，问我："好不好吃？"我忙答道："好吃得不得了。"说罢，我取了个大塑料袋，一买五斤。老妇人看我这个架势，便蹲下来挑橘子。不一会儿，篓子见了底，而旁边的本地蜜橘无人问津。

前不久我受中国散文学会之邀，去江西南丰参加曾巩诞辰1000周年采风活动。我第一个反应是，曾巩，唐宋八大家。

有人说，这时节去，说不定可以尝到南丰蜜橘了。

南丰蜜橘！南丰！像地下党突然接上头对上暗号，又像找到了失散多年的老友，我心里那个高兴啊。

每去一处陌生地之前，我都喜欢打开电子地图，向地图打听一座城、一座山，或一条河流，在宏观与微观间，打量生疏的他乡。

在雩山与武夷山之间有一道狭长的河谷、一条迤逦北去的河流。南丰，就在峡谷间、河两岸。河流在广昌被称为盱江，在南丰与南城被叫为旴江，到临川易名为抚河。有三个名字的小河一路北奔，入湖、进江、赴海，携走千古事与万古愁。

抵达南丰当晚，我提及南丰橘。有文友提议："我下楼买酒，看有没有橘子。"本地人说："十一月上旬才成熟呢。"我们全都"呀"了一声，她又忙安慰："会安排参观橘园的，南丰漫山遍野都是南丰蜜橘呢。"买酒归来的文友拎着两个塑料袋，说："来，大家尝尝，南丰蜜橘！"我来不及狂喜，迅速抓出一个，诧异道："长得不一样呀？"本地人笑道："不是还没熟吗？"

青果不易剥开，硬邦邦，圆滚滚，像还没长开的孩子。奇妙的是，它与普通蜜橘的青果不同，不仅毫无酸涩感，还甜。只是那种甜，是怯生生的甜，与熟果恣意的甘甜完全是两码事。

次日上午开幕式一结束，我简直是飞奔入国礼园。橘叶正绿，远处青山隐隐，天蓝得清透。霎时间，像回到了少年的橘园。当地人说，南丰政府精准扶贫，早已让南丰橘插上电商的翅膀，飞到天南海北。

我就在想，我的出生地，早年有"湘西乌克兰"美称的溆浦，和南丰差不多的纬度，有着宜橘生长的酸性土壤，为何不大力移植南丰蜜橘呢？

临出橘园前，北方文友寻到一株果子略微泛黄的橘树。我有些心虚，回头问陪同者："可以摘吗？"人家只好笑道："没事没事。"还指着向阳处说，当阳的才好吃。大家分享摘下的果，欢声连连："好好吃啊！"

只有我和南丰人知道，成熟了的南丰蜜橘，那才叫好吃呢。那是在南丰酝酿了千年的香呀。

二

南丰第一夜，就着一壶老白茶，我从东道主赠送的书籍里随手抽出《曾巩的故事》，读着读着，入梦了。

我梦到了东门老街的奉亲坊。

前街有一幢老宅，门宇轩昂，前堂五进。老宅周围，立着几株缀满小青果的橘树。家人正出出进进，忙上忙下。东门外的码头处，一位四十岁上下的中年男子急匆匆地下了船，问来接他的家人："生了？"家人说："嗯嗯，生了个儿子！"男子笑了说："二儿子生了，好！好！"

踏进老宅，他即刻奔往卧室。虚弱的续弦吴氏正躺在床上，与捧着婴儿的母亲周氏有一句没一句地聊着。问候过吴氏，他喜滋滋接过母亲手里的孩子。孩子的眉眼与自己一个模子，他乐了。

那是天禧三年（1019年）农历八月二十五。老宅叫密公宅，新生儿即曾巩，中年男子为时任临川县尉的曾易占。

曾巩五岁那年，父亲中了进士。五岁时他在临川启蒙读书；十三岁在泰州如皋中禅寺读书习墨，在放生池里洗钵；十五岁在上饶玉山的私塾里发愤苦读……景祐四年（1037年），易占在玉山被诬告丢了官。后来曾巩随父归乡，可南丰回不去了，祖屋与田土早已易主。曾巩祖母周氏说："咱们曾家亲人多居临川，你们干脆留在临川吧……"

一觉醒来，南丰城初露微光。我翻开《曾氏家族》。

唐乾符二年（875年），一位南城人逆江而上。当船驶入南丰境内，他被沿途橘树上的小白花迷住了，蜜蜂在橘花上采蜜，花香弥漫在河流上空。他深呼了一口气，对随行下人说："看来南丰十分宜居，我把家人都接来住。"

他是受命来南丰当县令的曾洪立。树大分权后，长子定居南城水口，次子定居崇仁藤山，唯留三子延铎随他定居南丰，成了地地道道的南丰人。

曾致尧，延铎的孙子，曾巩的祖父，北宋开国后南丰第一位进士，也是南丰曾氏入国史第一人。正史野史上都写了他，文采斐然，性格刚率，妥妥的清官。

曾家虽为名门望族，家大，业并不大。其五子易占被罢官后，曾家迅速赤贫。易占先后娶了三房，共育五子十女。他分到的祖产本来就少，还得遵循"为官而贫"的祖训，再丢了谋生的饭碗，家境窘迫是自然。

庆历七年（1047年），易占终于恢复官职，不料赴京途中不幸客死异乡。曾家上上下下空欢喜了一场。曾巩明白，体弱的大哥自顾不暇，他得独自承担起家庭重任。

第二年，时任洪州太守刘沆获悉了曾家困难，有心帮曾巩。他斟酌再三，写了封信，约曾巩到洪州做客。曾巩来了，不卑不亢，文雅羸弱，刘沆顿生怜惜。他不知怎样才能不伤到这个年轻人，只好先嘘寒问暖，聊聊文学，最后才切入正题。他说："我钦佩你有担当，有气节，总有一日你会出人头地。只是衣食之累不解决，诗书之勤终难持久！"曾巩明白了刘沆的本意，意外又感动，但还是婉拒道："谢谢大人，天无绝人之路，我会想办法的。"刘沆劝道："你若因忙于生计而停止学习，就太可惜了。你不如带母亲和弟弟妹妹回南丰，用这笔款买屋买田。你们本是耕读世家，边躬耕，边带弟弟妹妹读书吧！"曾巩再也无法拒绝，含泪跪谢刘沆。

距县城十里路的洗马桥下，南涧轻快流过。北岸，山南，一块叫南源的田土，被曾巩买了下来。山下又建了一栋陋屋，屋前屋后植了两株橙树、两株柚子树，还有几株南丰蜜橘。从此，"我亦有畲田，相望在阡陌"。

一年春天，他站在刚打苞的橘柚树面前，突发感慨："入苞岂数橘柚贱，芼鼎始足盐梅和。"

橘花开了十年，橘子红了十年。十年南源耕读，曾巩始终没忘欧阳修的"鼓励其志、坚其守、广其学"，更不忘写信给刘沆："在甘旨有毫发之助，于子弟乃丘山之恩。"

命运总会关照心纯且心怀大志的人。曾巩的人品与文品，让他总遇贵人。欧阳修是他的贵人，刘沆也是。而他，终不辜负这些贵人。

三

驱车十几公里，到达恰湾镇渣坑村。曾氏祠堂前方的小河，正静静北去，下午的阳光从河对岸的上空强扫下来，我确定祠堂在盱江右岸。

祠堂侧门镌着一副对联："东鲁家声远，南丰世泽长。"东鲁是曾子（曾参）的家乡，对联昭示着，曾子是曾巩的远祖。祠堂有三进，门楼中匾高悬："慎终追远"；中楼为曾巩特祠，供奉着曾巩像，匾曰："明德堂"；最里面为曾氏总祠，匾题："三省堂"。我不由得想起曾巩的一句话："家世为儒，故不业他。"

南丰曾氏传承着数千年的良好家风：曾子的"孝道""修身"，曾致尧的"秋雨名家"，曾巩的"畜道德能文章""正己而治人"，都以儒家为宗，忠孝为本，修身立世。而"两宋"时期，南丰曾家光进士就考取五十几个，在朝为官者逾百人，足以说明这是一个名门望族。

盱江右岸的读书岩，周围橘林密布，鸟语花香。右下侧一泓清泉流过，曾巩兄弟洗过的笔砚墨香早随流水入江入湖，散落天涯。唯有南宋朱熹留在石壁上的"书岩"和池边石碑上的"墨池"手迹，永远留了下来。

读书岩西侧的曾巩纪念馆红墙青瓦、曲径通幽。在馆内寻古，隐约听到岩上传来琅琅书声，时常夹杂花香、果香或者墨香与书香。

曾巩从出生到去世，他每一年的相关历史背景和行踪，都被《曾巩年谱》里的寥寥数语简单细微地勾勒出来。千年之后，我在故纸堆里寻曾巩，恍若身在当时。《年谱》权威记载："景祐三年，四月，诏权停贡举。"这意味着，民间传说曾巩十八岁首次科考落败，与王安石始逢京城的故事，皆为杜撰。

打开《年谱》也打开了大宋王朝的一张文人交往图。

军事上"积弱"，经济上"积贫"的北宋，科技之发达、文化之昌盛及艺术之繁荣，都是让人惊叹的。开国皇帝赵匡胤重文轻武，是因为他觉得文官再坏，最多贪点钱；武官坏起来，足可乱天下。

生活在北宋的文人是幸福的。

"唐宋八大家"里，北宋六位之间都有千丝万缕的关系。其中五位与嘉祐二年（1057年）开春的那场科考有关：主考官欧阳修，同中进士的苏轼、苏辙及曾巩，陪两公子赴考的苏洵。而曾巩带着弟弟、妹夫，一门同榜中了六位进士。

早早入仕的那一位，是临川人王安石。他是南丰曾巩的至交，与眉州苏轼"相爱相杀"了一生。

后人所绘的一张北宋文人金字塔图。塔尖为晏殊，他是王安石的前辈兼同乡，著名婉约派词人，曾官至宰相。他提携过范仲淹，在范被诬陷时，仗义上书，申辩"仲淹素直"；又一路提携欧阳修，对王安石也极为赏识。而范仲淹与欧阳修为多年至交。欧阳修最器重弟子曾巩，还发现了苏轼、苏辙兄弟。与苏洵也是老朋友。曾巩与王安石还是姻亲……

庆历元年（1041年）秋日，汴京，两个进京赶考的年轻人在一家小酒馆把酒言欢，这是曾巩与王安石的初遇。"忆昨走京尘，衡门始相识。"二人自小各自随父在外宦游，虽为姻亲，之前无缘谋面。这一遇，撮合了一对千古知己。王安石盛赞曾巩说："曾子文章众无有，水之江汉星之斗。"曾巩也评价王安石道："朱弦任尘埃，谁是知音者。"

算起来曾巩是王安石远房表舅。之后亲上加亲，王安石弟弟王安国娶了曾巩三妹。

庆历二年（1042年），王安石喜中进士，曾氏兄弟遗憾落第。曾巩纵然落寞，也格外欣喜，因为他拜见了久慕的欧阳修。古道热肠的欧阳修喜欢曾巩的"稳"，喜欢曾巩的好学与坚韧，他尽心辅导曾巩的文章，使其文字风格从笔势奔放、雄浑瑰玮，"渐敛收横澜"，终成蕴藉深厚、典雅平正、婉曲从容。

曾巩将未成名的王安石引荐给欧阳修，成就了日后的王安石。而欧阳修的慧眼识珠，方使三十八岁的曾巩终得功名。

在欧阳修眼里，曾巩"过吾门者百千人，独于得生为喜"，他对曾巩赞不绝口："吾奇曾生者，始得之太学。初谓独轩然，百鸟而一鹗。"后来欧阳修被贬滁州，曾巩上书为其鸣不平，更作诗数首表达对恩师的敬重。

四

曾巩近四十岁才走上仕途。始派太平州，两年后被欧阳修举荐回京师编校史馆书籍。熙宁三年（1070年），他自求外任，先后辗徙多地。离开齐州后，老百姓为纪念他而修了南丰祠。而《宋史·曾巩传》记载，曾巩在福州为官时，福州府仅一块菜园，州府历来靠卖菜来贴补州官。但官府卖菜，无形间抢了菜农的生意。曾巩了解情况后，取消了菜园收入，曰："太守与民争利，可乎？"

曾巩的自求外任，其实与王安石有关。文学上的知音，不意味着政治上契合。他倡导儒家思想，王安石倡导法家思想。儒家站在民众的立场，法家则站在君王的立场。

苏轼的性格跟曾巩相反，曾巩隐忍，不合则避；苏轼却豪放不羁，有道家风范，一再与王安石对着干。

但撇开政治，他们的灵魂依旧契合。苏轼夸曾巩，也是不吝赞美之词："曾子独超轶，孤芳陋群妍。"元丰二年（1079年），苏轼受"乌台诗案"牵连下狱,是王安石的一句"安有盛世而杀才士乎"救了他。

王安石变法带来的弊端,引发各路非议,他被罢过相。次年虽然官复原职,可他是忐忑的、不安的:"京口瓜洲一水间,钟山只隔数重山。春风又绿江南岸,明月何时照我还。"一年后,变法再次失败,长子病故,极度悲痛的王安石毅然辞相,被外调江宁府,自此他称病在家,远离政治,成了名副其实的闲云野鹤。而那年,曾巩从襄州转任洪州。

曾巩的继母朱氏老了,他只得上书朝廷,请调京师任闲职或就近任职。元丰三年(1080年)的一纸调令,让他即刻改赴沧州。途经京师时,他想着,求见一次神宗吧。

神宗故意问曾巩对王安石印象如何。曾巩竟直言道,王安石虽极富才华但吝于改错。远在江宁府的王安石知道后,毫不生气。他太懂得曾巩了。

曾巩如愿以偿留在京师奉旨专典史事。依旧是妥妥的"劳模"一枚,他要报答皇恩。

元丰四年(1081年),曾巩出任中书舍人,不过百日便积劳成疾。第二年九月,朱氏病逝。他不顾身体有恙,与弟曾布、曾肇一道扶灵,送母回南丰。

又是水路南归。自汴水南下,得经江宁府。

北宋汴京的繁华,在《清明上河图》里便可一窥。唐诗宋词里的唐宋,引得无数现代人频频回望——指不定能在那里碰见李白、杜甫、王维,更指不定偶遇柳永、苏轼、曾巩……

过江宁时,老友王安石登船吊唁。

继母病逝的悲,一路南归的累,将曾巩击垮在江宁府。王安石天天去探视。在乍到的暮年,在异乡,两人有了相依为命的感觉。可惜,纵使王安石遍寻名医,曾巩的病情仍不见好转。过往的芥蒂消散。两人的话题，关乎天下，关乎文学，关乎京师，关乎临川，关乎南丰，就是不关乎生与死……

玄武湖那年的大好春光，曾巩没法赏到。在最后的岁月里，在老友的陪伴中，曾巩总是想起他的南丰、他的南源，他等不到那年的新橘了。但他总想着快快好起来，赶回家赏橘花细碎羞涩的白，闻漫山遍野的香。

元丰六年（1083年）春，曾巩溘然长逝。杨梅坑源头里村的周家堡，接纳了南归的曾巩母子。小山坡上，遍布已故的族人，橘树上缀满青涩的果。

三年后，又是春天，王安石追随老友西去。而那年苏轼经由常州升任中书舍人。十五年后，苏轼也驾鹤归去。后人方觉，三位大家都殒于六十四岁。

大宋王朝文人间的交往模式，多为相互包容与成就，是一幅幅"文人相亲"的画卷。才华与才华的碰撞，碰出一个王朝绚丽的背影、一个民族文人的风骨。我们这群来到南丰的文人，想必都在思考，阶梯该用怎样的力量去攀爬。

原来，我们顶礼膜拜的不仅是珠玑文字，更是文字背后所折射的文人之间的人性光芒。

"曾巩以散文著称，也是一位被低估了的诗人。"曾巩纪念馆那位讲解员如是说。我寻来他的诗歌，在"一番桃李花开尽，惟有青青草色齐"（《城南》）中，我又闻到了千年前的香。

相传，苏轼一直赏识和提携陈师道。元祐六年（1091年），苏轼任职颍州，将想收陈师道为弟子的心思和盘托出。谁知陈师道以"向来一瓣香，敬为曾南丰"为由婉拒了。他委婉表达：当初既然拜曾南丰为师，就不再拜别人为师了。苏轼感到遗憾，但他依旧对陈师道很好。事实上，是苏轼名气太大，陈师道怕拜他为师，有"拉大旗作虎皮"

之嫌。

　　这阵子，我天天在白纸黑字里与南丰先生相逢。那一夜的梦里，我又与南丰先生不期而遇。他目光温暖，轻声问道："你在南丰寻到了什么？"我虔诚答道："我寻到了一瓣心香！"

　　是啊，南丰蜜橘的香在田野阡陌间弥漫了千年；南丰先生予以世人的香也飘扬了千年；而他本人，不仅是南丰人心中的一瓣香，更是我心中永恒的香呀！

比呼伦贝尔更辽阔

莫日格勒河畔的怀想

很多人打小就被"风吹草低见牛羊"的古诗词所诱惑。看到海之前,渴望海;看了海之后,渴望草原。我就是这样的人,中年以后才见到海,接着开始渴望草原。在我心里,草原几乎等同于内蒙古,等同于马头琴与蒙古族长调。于是,我打着陪孩子的幌子,强烈要求去呼伦贝尔大草原,孩子的父亲竟然也同意了。我立即上网找寻旅行攻略,慕名找到海拉尔的租车师傅铁永。在他的带领下,一支由六辆车组成的队伍向着呼伦贝尔草原挺进了。

过了金帐汗后,我们在"天下第一曲水"莫日格勒河畔停顿下来野炊。有的烤肉串,有的下火锅,有的做手抓肉。素昧平生的旅友,各带乡音,不问来处,不分亲疏,吃得不亦乐乎,玩得不亦乐乎。

饭毕,跑儿跟他爸在天然的足球场上踢足球,几个小孩在附近放着风筝,我们的师傅铁勋和上海客人的师傅白小黑去河边刷碗,我则在河边安静地拍摄——朵朵白云倒映在莫日格勒河上,几匹棕色的马在不远的对岸饮水⋯⋯

这才是我心中草原的模样!

刚入草原时，我问父子俩的心情，平素不爱旅行的跑儿兴奋地抢着回答："到了草原，心真的开阔了！"

话说东汉前期，鲜卑族的拓跋部从大兴安岭的密林里举族南迁，沿根河往西，翻越大兴安岭，再循着莫日格勒河，来到呼伦贝尔大草原。自此，"统幽都之北，广漠之野，畜牧迁徙，射猎为业"。之后他们占据大漠，又南迁至阴山，于386年建立北魏王朝，五十三年后，统一了北方；494年迁都洛阳，一跃成为中国历史上第一个入主中原建立政权的北方民族。而鲜卑族的后裔到底是今时的哪个民族，有人说是锡伯族，有人说他们被汉化又被胡化……呼伦贝尔心平气和地接纳过诸多游牧民族，看着他们来，目送着他们走，一拨又一拨，一代又一代。在历史长河里璀璨过的那些少数民族也并未真正消亡，他们或西迁，或汉化……在不断的民族大融合里，共谱着一代又一代的历史长歌。

所谓游牧，就像一位蒙古族母亲对孩子的回答："我们要是固定在一地，大地母亲就会疼痛。人们不停地搬迁，就像血液在流动，大地母亲就感到舒服。"逐水草而居，这是游牧民族都懂的自然规律。广袤的草原，有的是肥嫩的水草。可若定居，若牛羊只在一块草场吃草，再丰美的草原也会不堪重负。所以，游牧不是流浪，不是喜新厌旧。离开一个地方，并非厌倦一个地方，有时离开，反倒是对大地的保护与成全。

据考证，一万多年前的呼伦湖一带，便有扎赉诺尔人繁衍生息。在距今两千多年的历史风云里，北方的东胡、匈奴、鲜卑、室韦、蒙古等诸多游牧民族，都曾被呼伦贝尔丰饶的自然资源所吸引，均在此创造出灿烂的游牧文化。额尔古纳河流域还曾是成吉思汗给其二弟合撒儿的封地，黑山头是其主要城池。他们从这里往西、往南，你争我夺，分分合合，聚聚散散，在历史舞台上，真实地上演过一幕幕或浓墨重彩或轻描淡写的群戏。

千年之后，我们来了，作为寻梦或者赏景的游客来了。

所谓游客，终究只是游走的过客，都无从安下心来，哪怕经历一年的四季轮回。只是，面对波涛汹涌的绿，我们也可以发挥无穷的想象力，回首早已落幕的一出出历史剧，让不曾谋面却形象鲜明的历史人物悉数登台。那些悲欢离合、喜怒哀乐，大都未能在正史上得以呈现，唯有草原上的群山知道，草甸知道，河流知道。几千年来，它们目睹了人类的改朝换代、变幻的风云与无常的世事，亲见无数白骨与泥土融为一体……河流如旧依偎着草原，仿似一切不曾发生；草原一如最初的模样，婴孩般纯净天然。纷呈的战火早已不再，射雕的弯弓也早已不再。草，是春风吹又生的草；河流，还是从前的河流。

时间自顾自往前飞奔，挟裹着才经历过的一切，它与河水一样，从不会像人类一样频频回首。唯有牧民在马背上唱出的长调，时间听过，河流听过，草原听过，牛羊听过，马儿听过，连偶然飞过的鸿雁也听过。

铁永说："草原的天气像小孩的脸，说变就变，谁都说不准。今天还得赶到恩和，大家赶紧赶路。"说走就走，惜别莫日格勒河，车队连贯地在草原上翻山越岭，像在腾格里沙漠坐着越野车冲浪，都亟待翻越，又都一望无垠——只不过一个是生长着稀疏茂茂草的、柔顺无比的沙漠，一个是被绿毯裹得柔美无比的草原。

又一个俯冲时，瓢泼大雨突至。刚安全着"陆"，车队中一辆商务车的轮胎却陷进湿透了的草地。男人们去推车，我跟跑儿在大雨冲成的一处沼泽地前肃立着，水面上几朵黄花瑟瑟地开着，逼仄的空间刹那间涌现。

不远处，一群惊慌失措的羊狂奔而过，蓝天白云恍如昨日。那一刻，走马灯似的历史人物——仓皇告退，唯剩一支长调，在我心头反反复复。

界河边的白桦林与村庄

都说秋季的白桦林是金与白的交融，白垩色树干上的"眼睛"，更具视觉冲击力。

从坝上到呼伦贝尔，我只跟盛夏的白桦林相遇过。

在呼伦贝尔看到的第一片白桦林，是还没到恩和之前。白桦林里的小径与石凳，跟林子一样静谧无声。有斜阳无声无息地渗过。一些树干被剥了皮，没了"眼睛"。凉风穿梭而过，林子四处透着微微的凉。草地里零星的腐叶、折断的树皮、星星点点的白花，跟斑驳的光影一道，在绿与白的恋爱中充当推波助澜的角色。

人们总喜欢把有着修长挺拔树干的白桦树比喻成坚守爱情的人，不管叶生叶落，它们始终坚挺在那里，显得格外高洁与坚韧。加之朴树当年一曲《白桦林》，感动了无数听者，让人们对俄罗斯的国树滋生了莫名的情结。

到了额尔古纳市，方知大兴安岭近在咫尺。而以往说到大兴安岭，想到的只是黑龙江省。谁也没想到，奔着天苍苍、野茫茫的草原而去，还能抵达大兴安岭的西麓。自诩最喜欢地理的我，也浑然不知——那东北—西南走向的长长的分水岭，西侧是著名的呼伦贝尔大草原，东侧就是肥沃的松辽平原。

次日从恩和出发，沿路不时掠过一片白桦林，才惊觉已进入大兴安岭边缘。我想停下来细看白桦林，铁勋却说："不急，哈乌尔河景区有更好看的！"

清晨的阳光跳跃如兔，冲天的白桦树在蓝天映衬下显得格外葱茏，树干上无数双"眼睛"远远近近盯着我。我故意不去看那些"眼睛"，信步在通往山顶的木质栈道上。是的，我第一次见白桦林，是在木兰围场坝上草原，路旁一小片林子让我雀跃不已。我在林间哼着《白桦林》的旋律，可在每一片白桦林里，并没找到谁刻下的名字。那翘首期盼心上人从战场归来的姑娘，倒是在每片白桦林里闪现。树干上无数双替她睁大的双眼，饱含思念、期待与忧伤，让见过的人，无不在朴树干净忧伤的歌声中，一遍又一遍地梳理着不与人说的心事。

在白桦林的出口，我瞥到山下的哈乌尔河，是流经恩和的那条小河。

相比莫日格勒河，哈乌尔河更像镶嵌在横无际涯的草原上的羊肠小道。不过，九曲十八弯也好，羊肠小道也罢，无论起点在哪，流经哪，都会跟呼伦贝尔草原上的诸多河流一道，相逢于额尔古纳河。而额尔古纳河则一直往北，最终成为黑龙江的南源。

追溯一条河流的源头与归宿，正如追溯一个民族、一个国家的历史，是我行走大地叩问生活的坦途。当知道黑龙江的南源是额尔古纳河，而石勒喀河又是额尔古纳河的上源时，我真正理解了迟子建《额尔古纳河右岸》的书名。那些天我们行走的就是额尔古纳河的右岸。而左岸和右岸的人只能遥遥相望。其实，左岸三百公里开外，都曾是成吉思汗的天下；三百多年前康熙皇帝签署的第一份中国作为主权国家签订的国际条约《中俄尼布楚议界条约》，使格尔必齐河、额尔古纳河及外兴安岭成为中俄东段边界。

七月中旬，正是呼伦贝尔绿浪翻滚的时节，而我日后同一时段去的新疆北部，草原早早有了萧瑟的气息，这恐怕跟气候有关，而气候则跟地形与经纬度有关。虽然同处在北纬五十度附近，同为温带，前者是温带大陆性干旱半干旱气候，后者却是温带大陆性气候。北疆河流即便是盛夏，仍处处断流，是干涸的河床。而呼伦贝尔大草原有上千条河流，盛夏的河流两岸，草甸与树木都葱郁着，屏息聆听着流水的低喃。呼伦贝尔的村庄自然就比北疆的村庄幸福，它们始终记得住河水欢快淌过的模样。只是，任怎样的河流，流过就流过了——生命里诸多的告别即永别，跟流水与河岸的告别有何两样？

室韦口岸，森严的哨卡。在有铁丝网缠绕却无哨兵看管的河岸，赫然立着一块刻了"额尔古纳河"几个字的大石。

对岸的村庄叫奥洛契村，有三个穿着泳装刚蹚进河里的俄罗斯女孩。我很好奇，奥洛契村的姑娘和小伙，跟室韦镇上的中国人是否都认得？长达三百多米的界河桥衔接两岸，两岸的人凭着边防证是否能相互走动？要想探究其中深藏的爱情、亲情故事，恐怕得在室韦住上一阵子，才能打听到一点皮毛吧！

室韦与恩和、临江屯一样，居民以俄罗斯后裔为主，只是恩和更原生态。因为室韦是口岸，早已变得商业化；而临江屯，需从室韦沿着界河走十公里路，一般旅游大巴不会去，只有包车旅游或自驾游的客人，才有机会领略那个小屯子的风采。

相似的村庄，相同的草原，共着一江水。若非摆明是界河，谁能想到彼岸是另外一个国度？

第一晚入住恩和。哈乌尔河畔，伊万旅游之家旁的小别墅是典型的"木刻楞"，用木头和手斧刻出，有棱有角，规范整齐。据说冬暖夏凉，结实耐用。从右侧开门进屋，大木窗对着屋外的走廊，窗台内摆着一盆仿真花。大床上铺着与窗帘相呼应的细碎花棉质床上用品，茶几上的玻璃罐装满花茶，墙角的装饰架上布置得温馨如家，一侧的卫生间小巧别致。

小别墅和伊万家隔着一道木篱笆，木篱笆下方栽着疏密有度的绿草红花。

伊万的男主人，五十大几，是俄罗斯后裔，跟铁勋他们都是老熟人。他抽空来我们这桌喝酒，用口琴吹了《莫斯科郊外的晚上》，还拿来野生蓝莓汁请我们喝。

低调奢华的木刻楞，让人想起电视连续剧《我的娜塔莎》里河边的小木屋。窗外月华如水，口琴声在梦中飘荡。

史载，诸多闯关东的中国汉子和来自俄罗斯的淘金客一样，在一百多年前就来到恩和，娶俄罗斯姑娘为妻，成了这里的常住民。俄国十月革命后，迁徙回国的中国移民及其俄罗斯家属，和淘金客的混血后裔一道，成了恩和的主人。知晓了这些历史，你便不会再奇怪，为什么长着俄罗斯脸孔的他们，说的都是地道的东北话了。

次日一早，喝足鲜奶，吃饱列巴，跑儿想跟主人们留影，伊万的主人欣然答应。两家人并排站着，像久别重逢的亲人。

进门右边的秋千架上，彼时空无一人。门前的哈乌尔河，仍如头晚来时一样清冽。

呼伦贝尔的长调与悲歌

无论是额尔古纳境内成片成片开得正好的油菜花，还是如影随形的额尔古纳河，抑或路旁不时呈现的白桦林，都让我目不暇接，更别提猛然遇上的牛羊马群了。

羊群在草原是随处可见的，有时，牛羊和马都在一大块草地上觅食，互不干扰。三河马、三河牛及呼伦贝尔羊，都是呼伦贝尔草原的主人。它们不时闯入游客的镜头中，已然对镜头无动于衷。蓝天白云下，它们懒得理会闯入的游客，或觅食，或过马路，旁若无人；暴雨如注时，无处躲雨的羊群爆发出来的力量，在狂奔的时候才彰显出来。它们早已习惯说来就来的雨，反正，雨说走也会走。

草原上，还不时可见来自江浙的养蜂人和蜂房，他们是新一代的草原流动人口。便宜得不用掺假的蜂蜜，跟蓝天白云、阳光草场和牛羊马群一道，构成草原上不可或缺的亮丽元素。草原不再是当年部落间纷争的战场，早已成了无数海内外游客向往的天堂。

"天似穹庐，笼罩四野。"忽明忽暗的起伏山峦，百转千回的静默河流，河畔的村庄，穿越丛林去寻找月亮泡子的艰辛，公路上远眺的根河湿地，莫尔道嘎的森林，黑山头的落日，蒙古包里的烤全羊，甚至连灰蒙间看不清真面目的呼伦湖，扎赉诺尔博物馆厚重悠远的蒙元文化，都让我神往。整整六天，从海拉尔经金帐汗、恩和，沿界河往北，至莫尔道嘎，再折回黑山头走边防公路，经陈巴尔虎旗的北疆草原至满洲里，再往东，经大青山、呼伦湖，走301国道，回到海拉尔——这是我们的呼伦贝尔之旅。

为回报一路当向导的铁永兄弟，我写了三千多字的游记放在马蜂窝网站。可因着要照顾方方面面，写得既不像游记又不像攻略，幸好有拍摄的照片弥补了这些不足。而这篇并不成功的游记被我的初高中同学欧阳看到后，催生了他浓郁的草原情结。三年后的2017年盛夏，他终于携公司十几个员工及亲朋启程，奔赴我描绘过的也是他梦中的呼伦贝尔。

而他的抵达，却永无回程，是一曲任谁也不愿听到的悲歌。

刚抵达海拉尔，还来不及扑进草原怀抱的他，正值壮年意气风发的他，千里万里飞过去，却因心肌梗死骤然离世。我在千里之外的西安闻此噩耗，泪飞如雨。三天后，我赶回湖南，迎接他从海拉尔归来。归来的不是他的肉身，是一个沉默的骨灰盒和十几个到了海拉尔却没去看草原的人。

我一度自责，若不是我，他可能还活得好好的。若我没写呼伦贝尔，他不会魂牵梦绕，不会阴差阳错地在彼时彼刻启程与抵达——有时，一个念想或者一个决定，都可能改变一个人的一生。那阵子，我心乱如麻，夜不能寐，自责充溢着身心，我的魂魄在好长一段时间飘忽不定。我开始对生命充满恐惧，担心着自己有一天也可能像欧阳那样，突然间再不能感受尘世间的点滴。

铁永的微信朋友圈天天发着呼伦贝尔的图片，让抵达又离开的我常常梦回呼伦贝尔。马头琴总在心头响起，长调也常从心里哼出，陪我一起看过草原的人是家人，这让我无比安心。但自从欧阳魂断海拉尔后，那些旋律变得悲怆空茫。

我试图谱出一支属于我的长调。在梦里，它优美而完整。梦里的呼伦贝尔，依旧是盛夏，欧阳一个人在草原上漫步，与牛羊对话，与蓝天白云一起飞扬，天地间传来不知是谁唱出的长调，有马头琴伴奏，时而欣喜，时而激昂，时而深沉又时而悲凉。

我终于学会安慰自己，南人北相的他，谁说得准其祖辈不是来自草原？他真的很像草原的儿子，心比一般人宽厚，情比一般人绵长。人常说，呼伦贝尔是天堂草原，他真的永在天堂了。也许，魂归草原于他而言，是真正的魂归故里吧。他在那里，也许能够重逢无数游牧民族的英雄豪杰，也许能够遇到一个心仪的草原姑娘，也许正挥着长长的马鞭，陪着爱人驰骋天涯呢。

呼伦贝尔，不仅是一块纯净的北国碧玉，不只是一幅绝美的画卷，更不仅教人宽广与辽阔。比它更宽广与辽阔的，是它那辉煌的历史，以及生生不息的蒙古长调与马头琴声……

北天山纪行

南疆与北疆

  我对新疆的向往，并非只是内地人对边疆的向往。更重要的原因是，我嫁给了一个新疆生新疆长的湖南人。他离开新疆也已经三十五年了。那年他们举家南迁，回到了湖南老家。他告诉我，哺育了他十三年的地方，叫巴音郭楞蒙古自治州农二师三十二团。他不记得具体小地名，只记得离库尔勒和罗布泊很近，因为当年彭加木失踪时，他父母还参与寻找过。今时网络这么发达，我查到了三十二团的准确地名，团部设在尉犁县乌鲁克镇，居塔克拉玛干沙漠东北边缘，塔里木河的最下游。而农二师早已易名第二师。

  他家人素爱西红柿炒鸡蛋，须放青椒，红黄绿搭配得煞是好看。我们结婚时，他母亲还为我们准备了刚弹出的新疆长绒棉棉絮，说是当年坐火车返湘时带回的。一方水土养一方人，他长着深邃的大眼睛、高挺的鼻梁，猛一看还真有几分维吾尔族人的气韵。

  有一年我俩去居住的城市中心市场买东西。看到市场门口的羊肉串，我想吃，他就学着维吾尔族的口音跟卖羊肉串的男孩套话："你是南疆的，还是北疆的？"男孩吃惊地把目光从正烤着的羊肉串上移到他的脸上，以为遇到了老乡："北疆的。你呢？"他莞尔一笑："南疆的。"

我恍然大悟，南北疆以天山为界呀，学中国地理知道"三山夹两盆"，天山确实在中间。他口气很坚定，是的，"有机会带你回新疆"这句话他说了很多年，但终究只是一句话。于是，在我心里，遥远的新疆只是地理书里的新疆，是吐鲁番的葡萄哈密的瓜，是维吾尔族的歌舞哈萨克族的冬不拉，是和田美玉天山雪莲，是戈壁、沙漠、绿洲同在的西域，是有楼兰姑娘的丝绸之路，是戍边垦荒的兵团将士，是八千湘女上天山的壮举……

我将受邀去新疆采风，忍不住跟他炫耀道："你还不带我去新疆，我自己要去了！"他淡淡一笑，剑眉一挑说："去南疆还是北疆？"我说："博乐。"他说："噢，那就是北疆。北疆好，自然风光无限，有草原和牛羊，还有赛里木湖。南疆以农耕为主，就像我们团，那时多种棉花与香梨。"

我知道他内心怀念自己的出生地——塔里木河的下游，南疆。而对我来说，整个新疆，都是陌生神秘的。王洛宾的音乐、电影《冰山上的来客》中的插曲，让我年少时就对新疆充满热望。

组织这场笔会的武老师问我："返程时你还打算去哪？"我想到了当年为爱出走阿克苏的华妹，想到了有人说过，去新疆一定得去喀纳斯。就问："喀纳斯湖远不远？阿克苏远不远？"

他回答道："以乌鲁木齐为中心，与新疆最近的城市都有几百公里，动辄一千公里。喀纳斯在北疆阿勒泰，离乌鲁木齐八九百公里。阿克苏在南疆，也有一千多公里。"

我便明白，这一趟我可能去不成喀纳斯湖，去不成阿克苏，更去不成先生的出生地乌鲁克了。

乌伊公路南侧的北天山

时差让我们深夜还在乌鲁木齐街头晃荡。花样百出的馕、各式各样的瓜果，令人大开眼界，大家相约一定要带点馕回家乡。

来不及看清楚乌鲁木齐，也等不及跟鲁院同学李丹莉见面，次日清晨中巴车就载着我们往西，不，准确地说，往西北开拔。连霍高速跟所有的草原公路一样笔直开阔，不由得使我回想起和格子、意达去阿拉善的往事。格子在巴彦浩特至腾格里沙漠的公路上飙了一回车，连呼过瘾。自由驰骋、纵横天下的感觉，后来在她的组诗里表达得淋漓尽致。

中巴左边是逶迤西行的天山，与公路之间，时而是荒漠，时而是绿洲，时而是耕地，时时冒出一条撒开脚丫奔向远方的小河。远方在哪，我不知；小河流经哪，会不会与别的河交汇，我也不知。天山东起哈密的星星峡戈壁，西至乌兹别克斯坦共和国的克孜勒库姆沙漠，东西绵延两千五百公里，光新疆境内就占至三分之二。

去博乐，天山始终伴在左侧，即南侧，隔着山前平原，即准噶尔盆地的南缘。荒漠、绿洲、河流、耕地、向日葵、白杨树轮番轰炸我的眼睛，我想起了武老师说的，新疆地域辽阔，新疆人的心也因此大气爽朗。想想还真是有道理的，视野开阔，胸襟也就开阔了吧！我出生在丘陵地带，性格难免带着点小心眼。但这些年，我不停地行走，看海，看大平原，看大漠……久而久之，心也开阔大气了。

准噶尔盆地的古尔班通古特沙漠和塔里木盆地的塔克拉玛干沙漠，"挟持"着天山，一南一北。千里万里跋涉至天山北坡的北冰洋及大西洋的水汽，令迎风坡得水，从山脚往上数，依次呈现草原、高山草甸等景观，坐拥上好的云杉与针叶林等植被；而天山南坡，哪里的洋也递不来"讯息"。背风坡之地形使它拥有荒漠草原、干旱山地草原、剥蚀高山及积雪冰川。

拥有诸多支脉的天山，远看大同小异，近看各具风情。无论是与哈萨克斯坦搭界的阿拉套山，还是赛里木湖南畔的科古尔琴山，或是蜿蜒西行直奔赛里木湖的博罗科努山，都属于北天山。

民族融合的博乐

若非在一座大敖包前喝到了接风洗尘的下马酒，若非听到女歌手一曲接一曲的助兴的蒙古族民歌，我真怀疑抵达的城市不在塞北，而在江南。时间早已指向深夜，华灯仍不肯睡去，光影倒映在博尔塔拉河里。"吱呀呀"的筒车、欢快的博尔塔拉河，跟博乐的友人一样好客。

丝绸之路上通往中亚和欧洲的这座北疆重镇，是唐朝设置的"双河"都督府所在地。12世纪时，它是西辽国的"勃罗城"，直至1920年，始称博乐，今为博尔塔拉蒙古自治州的首府，也是新疆生产建设兵团农五师（第五师）师部所在地。

哪一座城市的变迁、民族的迁徙，战争与和平，不尽在悠悠的史册？博乐风云变幻的往事，也如新嫁娘的盖头，得缓缓揭开。

接风宴上的蒙古族歌舞及水酒，带有蒙古族元素的各种菜肴，以及偶遇的蒙古族婚礼，都准确无误地标明这座城市的身份。市内的州博物馆、镇远寺，贝林哈日莫墩乡的荷园和粉色长绒棉花朵、成片的万寿菊和向日葵，都争先恐后地为博乐添光加彩。

原本音译的博乐被定位"博爱之城，乐彩北疆"。近邻伊犁早有"塞外江南"的名头，同样坐拥草原、湖泊、高山草甸、历史人文，更独有怪石峪的博乐，瞅着大家庭中的哥哥姐姐都崭露头角，她也不甘落后地崛起为北疆的新兴旅游城市。

鲁院同学西洲见我和同学海燕到了博乐，三番五次诚邀我们去伊犁。我也极想去看看她和她新生的宝贝，甚至设想了在薰衣草的海洋里怎样与西洲重逢。那日自赛里木湖返经果子沟大桥，要先上一段通往伊犁的高速公路，当地的武老师提醒说："这一路走下去，就到了你同学的伊犁了。"我想想，后面还有几天的行程，还有我没来得及去探访的风景，我如何敢撒下大部队单独行动？成都杨献平恐怕也跟我有同样的想法，最终也没见着他的伊犁同学。

冥冥中，我总感觉还将有大把机会去新疆，不管是西洲，抑或笔会上的旧友新朋，不管是喀纳斯湖还是南疆，都能一一相逢。

成吉思汗西征军的后裔、清代西迁戍边的察哈尔八旗官兵和自伏尔加河东归故土的土尔扈特人组成了博尔塔拉蒙古自治州的蒙古族。博州的蒙古族人自元代起信仰藏传佛教。镇远寺的转经筒，也与我去过的许多寺庙中的转经筒一样。土尔扈特人东归，令乾隆皇帝龙心大悦，诗赞"终焉怀故土，遂尔弃殊伦"，并予以妥善安置；举国上下为东归壮举所感动，纷纷解囊资助；察哈尔人也给予兄弟般的相帮。西征、西迁、东归，这些字眼都有着难以言说的张力，略略了解，就发现了一部惊心动魄的博尔塔拉蒙古族人的历史。而我，也下决心要成为一个热爱历史的人。

而汉人，在博州还是占了很大比例。唐显庆二年（657年），为平息西突厥阿史那贺鲁战乱，朝廷遣伊丽道行军大总管苏定方率军征讨阿史那贺鲁，汉人开始扎根博州。西辽时期，在勃罗城南守帖木儿关（今赛里木湖南岸松树头）的也是汉人。自乾隆二十年（1755年）起，清政府开始组织大规模移民，守边垦田。新中国成立后，兵团进驻，内地人自大江南北纷至沓来，使得汉族人口激增。进驻博州的是中国人民解放军一野一兵团六军十六师，即后来的农五师，现在的第五师。

乾隆二十五年（1760年），博州有了自南疆迁来戍边垦田的维吾尔族。这个热情的民族，多以农耕为生，主食依旧保持游牧民族的习俗，这点与哈萨克族相似，就是我刚到乌鲁木齐品尝到的馕、手抓饭等。

原本生息在新疆北部及中亚草原的哈萨克族，于1883年由黑宰部落率三千多户迁入伊犁及博州。这个逐水草而居的游牧民族的奶茶、毡房、冬不拉以及夸张幽默的传统舞蹈，都给我们留下了深刻印象。

唐宋时期自阿拉伯和波斯来华的使臣、学者和商人以及元朝后涌入的中亚、西亚穆斯林，构成了回回民族。清初，回族多居乌鲁木齐、昌吉、米泉等地，清末则遍布全疆。博州的回族已逾万人，使用汉文。居农村的，依旧农耕；居城镇的，则多经商或从事饮食行业。

博乐是多民族融合的北疆城市。蒙、汉、维、回及哈萨克等三十多个民族和谐杂居，遍地青山绿水草原，到处瓜果蔬菜牛羊。在果子沟大桥前的公路上摄影时，遇到几个维吾尔族游客，一问，博乐人。他家十岁的小姑娘美得像当红明星古力娜扎，邀其合影，她非常热情地配合，还主动搂着我，像久别的亲人。他家的大姑娘已是丰腴的美人，中年妇女不知是否为家中母亲，微微发福，眉目间看得到当年的风姿。我去公安部开文代会，结识了一位青春靓丽的维吾尔族舞蹈演员，她双目含春，神采飞扬。我打心里喜欢维吾尔族女孩的异域风情，问："能跟你合影吗？"她说："好啊！"她立刻搂住我的腰，亲密合影。那一刻，我想起了果子沟偶遇的小娜扎。小娜扎，我们还能在博乐的街头偶遇吗？

七月的库赛木奇克与赛里木湖

从博乐沿省道南至连霍高速，西行不久在岔路口下高速，拐入左侧的博罗科努山。我和南疆的作家佩红姐跑到山前的戈壁滩捡石头。刚到博乐，我们便被带去参观奇石市场。得知博州境内的北天山有一种奇石，带青瓷釉面的光泽，更似浓墨彩绘的画，故名"天山青"。我们妄想亲自捡到天山青！本地老师提醒我沿着干涸的河床捡，我才留意到那条石头沟竟然是河床。

只有在新疆才能见到这么多断流的河床！窄而浅的河床里堆满石头，不动声色地躺在山前平原上，唯剩荒原稀疏的梭梭草和乱石终日陪着。若非石头大抵光滑圆润，真不敢想象那里曾有河流。雪水源源不断注入时，河床不会过分眷恋流水，当某一天彻底断流，河床此后的悲伤显而易见。

在新疆，无数小河汇入大河，却基本到不了大海，只有额尔齐斯河注入了北冰洋。其余的大河，不是注入内陆湖，就是流入大漠——这多像人的一辈子，命运推着你跌跌撞撞前行，一些人能奔向大海，一些人终抵大漠。相同的是，任谁都无法重新来过。

　　彼时，天空的蓝躲进昏暗的云里，博罗科努山看似冷漠地俯视着荒原上的河床。天空与群山是河床自丰盈到消瘦到干涸的见证者，谁都无力与上苍抗争，谁都是眼睁睁看着曾欢歌笑语的小河弦断曲终。谁不希冀流水鲜花水草的环绕，谁不盼着终日有牛羊马群牧民毡房炊烟的陪伴呀！那一刻我竟有些难过。苍山无语，天地无声，我的脑海里浮现出陈巴尔虎旗草原上九曲十八弯的莫尔格勒河——那是我终生难忘的呼伦贝尔！如果北天山的山前平原河水不断流，那么，牧民也无须一年转很多场了。

　　越野车一会儿在山脊上穿行，一会儿落到了山谷。两侧的高山几乎寸草不生，荒芜得让人心酸。山路扬起的尘土在窗外弥漫。这就是天山？惆怅还在心里，车已开到一处相对开阔的高山草甸上。车停，风大。零星的马兰花掺杂在黄绿色的草丛中，一簇簇长得略高的草已非盛年。我曾去过湖南的南山牧场和重庆石柱的大风堡，那里生机勃勃绿意盎然之时，这里俨然早秋。

　　羊群在斜坡上不慌不忙地觅食，它们都懒得抬头看，或许早已习惯闯进山里的外人。草甸尽管有些荒凉，我们还是兴奋地合影。马兰花被风吹动，被人惊动，天空的蓝渐渐拨开白云露脸。

　　车继续穿行在库赛木齐克，在一大片平整的缓坡地带停下来。我们脚踏着黄绿毯子裹着的山梁。近处像大海泛着清波，远处的群山呈青黛色，远远能瞥见山顶的积雪。有时，一道阳光似一束舞台追光，突然打到近处，光影中的草甸便顿生神秘的气场来。

　　再行进至碎石遍地的河谷，周围开始出现石山。山腰以上几乎看不到绿色，尽是蜂窝状，只有山脚的一点点绿，是草原漫上去的，像给山遮羞的圆点裤衩。石山不知经过多少岁月的洗礼，才成就似外星人来过的模样。空寂的山谷，只有流水的声音远远地袭来。

我不知那条小河的名字，也不知它打哪来、往哪走。草原河流大抵如此吧——河床浅到一览无遗，河中间裸露出浅滩，尽是大大小小的石头。

河岸上是河谷草原，也有石头零星散落。这样的河是淹不死人的，与其说是河，更像南方的溪，但溪更窄，没这样自由随性。

河对岸有我不认得的树木，姿态从容。未入秋，我辨不出那是否是胡杨。岸上、河里和河滩上，都七零八落地散落着几棵只剩躯干的胡杨。人说胡杨三千年不倒，这几棵胡杨缘何倒在河滩上，是被哪一场山洪冲倒的吗？无人告知。胡杨的种子在盛夏洪水漫溢时成熟，种子带冠毛，在河两岸的河漫滩或湖泊的浅滩随风飘散，并迅速萌芽、成长。加之一些似侍女的伴生植物，组成带状或片状的森林群落。也有人说，胡杨真像不负责任的母亲，任由子女散落天涯。我倒觉得她是伟大的母亲，她不要求子女绕膝承欢，她让子女随风随性，终成荒漠河滩上的天然防护林，这需要多么博大宽厚的胸怀啊。

各种元素交错的风光，大概是库赛木齐克的特色吧！它有本事让人的心情在很短的时间内起起伏伏，才悲又喜。

计划中的路线，是穿越毗邻的科古尔琴山，见到水草丰茂、繁花遍野的萨尔巴斯套草原，再抵达赛里木湖南岸。可一场大雨使得我们与萨尔巴斯套失之交臂，我们只得原路返回出山，再上连霍高速，抵赛里木湖东门。

车沿环湖公路往北，赛里木湖，梦中的赛里木湖终于在眼前了！

若非四面依稀可见的北天山支脉，我真恍惚回到了厦门鼓浪屿。南面的乌云低低地压了过来，科古尔琴山上的雪松隐约可见；正东面呢，棉花般的云朵正在天际间踱步，呼苏木其格山山顶有影影绰绰的雪；而西面，听说叫别珍套山。天山并非紧挨着湖，湖是在草原的怀里静静卧着，澄澈透明得如同处子，而初夏的繁花在盛夏只剩传说，仅剩几种晚开的花。

湖边那几块大礁石，不知是湖本身的，还是从别处搬来的。杨献平和导游小妹勇敢地冲上礁石拍照，一张照片还没拍下来，他们就都湿身了！见过太多的潮涨潮落，没谁像赛里木湖东北岸的浪这般出其不意，爱恶作剧。

离疆两个月后的早秋，我乘坐"盛世公主号"邮轮从上海至日本长崎。一觉醒来，已至公海，无台风，风不高浪未急，看不到海岸线。站在栏杆边近观海水，除了轮船乘风破浪时掀起的白色浪花，就只剩深沉而洁净的碧绿海水。一望无垠的海面令我恐惧起已至的盛年。那一刹那，我格外怀念七月的赛里木湖。草原、牛羊、毡房、野花，以及有森林与积雪的北天山，变幻莫测的湖蓝，皆生满满的存在感。

本地摄影师建议直奔西南岸，说环湖一周，西北岸有成吉思汗的点将台，西岸有天鹅栖息地和西海草原。可惜花期已过，不如去克勒涌珠。

克勒涌珠，是哈萨克语"源源不断的泉水"的意思。车到西南岸的克勒涌珠，车门一开，飒飒寒风扑面而来。我们几个顾不得衣衫单薄，直奔木质栈道。临近湖边，见到了湖岸草原里渗出的泉水，小武用矿泉水瓶子接了一瓶，我则用泉水洗了下手。听说赛里木湖并无大河注入，流域内亦少冰川和永久积雪，靠的是雨水补给和地下涌泉。海拔高，蒸发和渗漏少，让赛里木湖得以始终保持一颗丰盈的心。

我们仨在风中沿着栈道往前奔，沿着细长的湖滩，信步入湖。湖底细密的卵石清晰可见。我忍不住将脚伸进清浅的湖水，像是回到了纯真的童年。直到刺骨的冷，提醒我这里是新疆海拔最高的冷水湖。

两位老师远距离地拍着我们，仁杰修长的背影映衬着狭长的湖滩，小武年轻的面容在湖滩上灿烂，唯有我的身影略显寥落。阳光在湖面上雀跃，深邃、清浅且忧愁。湖蓝在阳光中不停换着"衣裳"，远处，近处，深沉的蓝，轻盈的蓝，忧郁的蓝，交替着呈现。在阳光的轻拂下，在萧瑟的冷风中，我眯缝着眼睛，静享属于自己的片刻安宁。

湖面上无一叶舟，更无游船，镶嵌在北天山的净海抑或蓝宝石，果真都不是浪得虚名。

那一刻起，我不再心心念念着入疆前神往的喀纳斯湖。

戍边者的乡愁

那天下午，本是要去哈日图热格国家森林公园，不知何故，中巴车在哨卡上未被放行。武老师让大家在归途的一河谷就地休整，我又怂恿着他去捡石头。他摇摇头说："你们呀，光记着天山青！"

我和顾梅紧随着武老师，另外几拨人也在河那头全神贯注地寻宝。依旧是浅水，浅到河里的石头历历在目，可能真有些像我在尘世间的样子。济南的王川几次说我是一个透明的人，我想，会不会真因我浅如草原的小河，谁一眼都可以洞穿我？人到中年内心清澈透明，未必是坏事，我总是这样安慰自己。

石头聚集的河岸无疑告知着，河流也有丰腴的时候。岸边的胡杨三三两两，各自抱团。也有死去的胡杨躺在河滩，变成不朽的枯木。

蓝天被厚重的灰云遮住，偶露出一点蓝。往山里望，远山裹着灰绿的毯，细腻温柔；近山则是偶露峥嵘的石山。只有山脊上刻着墨绿的针叶林，远远望去，像护林的一排排哨兵。

出山后的原野全无盛夏呼伦贝尔大草原的绿意葱茏，我不知那算不算草原。中巴车依然停下来，让大家去原野上吹吹风。草地上只剩稀稀拉拉的沙柳，略显苍茫。只是对于内地人来讲，置身大片草原，哪怕是荒原，也是快乐的，何况和着一堆志同道合的文友。

明朝时的蒙古，分为瓦剌与鞑靼等部。清朝时，蒙古大致分为漠北蒙古、漠南蒙古和漠西蒙古。漠北指今蒙古国，漠南是内蒙古，漠西则指新疆。准噶尔部叛乱，被乾隆平定后，新的漠西蒙古发生巨变。

骁勇善战的察哈尔曾是成吉思汗的护卫军。到了1762年，一千名察哈尔八旗官兵成了头拨西迁入疆戍边者，他们自内蒙古扎噶苏坦淖尔出发，历时一年才到赛里木湖畔。等第一批将士到了赛里木湖，新的千名将士在一个月后又从内蒙古开拨，历时一年，抵达赛里木湖畔。察哈尔官兵驻守湖东岸时设立鄂勒著依图博木军台，即三台，使得赛里木湖又名"三台海子"。

那年在贵州安顺，我接触过屯堡文化。戍边将士、随迁家属、谋生商人，从富饶的江南远赴西南边陲，谱写了一部壮丽的戍边史。我曾在《茉莉花》的小调里，望见六百多年前的大明将士及其亲人，也望见了他们的乡愁。后人回不到故乡，顽固地保留着故乡的习俗，家家户户保存着族谱，女人们至今着大明汉服，盘着大明的发髻，只为不忘故土、不忘根脉吧。

新疆的戍边史更为波澜壮阔。从古至今，数不清的将士远离故土，在广袤无垠的大漠边关保家卫国。更多的内地人早把新疆当故乡，兵团二代、三代，已融入新疆的角角落落。

年深外境犹吾境，日久他乡即故乡！

西迁察哈尔的蒙古族人后裔多定居在小营盘镇的明格陶勒哈村，村子保存了诸多内蒙古习俗，跟南迁的大明后代一样，皆因挥之不去的乡愁。村中除了西迁蒙古后裔，还有不少哈萨克族后裔。不远处的阿拉套山北坡是哈萨克斯坦，国境线在博州境内达数百公里。这些蒙古族人与哈萨克族人，多少年来，始终与戍守的边防兵一道，靠着勤劳智慧，靠着心中的信念，无怨无悔地守卫着西北边陲。

乌达木牧家乐里有一座气派干净的蒙古包。残阳如血时，年轻的哈萨克族妇女抱着婴孩出现在蒙古包前，杨献平看到格外开心，一把搂过孩子，孩子竟不认生，还冲着他猛乐。他当夜写了一首《在哈日图热格抱一位哈萨克族婴儿》，其中几句格外柔软深情："我抱她的手臂柔软/如云朵，她在我怀里/我咧嘴笑，一如抱着自己的儿子/那是多么好的当年！"

　　蒙古包左侧的平房里传来嘹亮的歌声。透过纱窗，几位壮汉正举杯畅饮，其中一位在高歌《在那遥远的地方》。我们听得入神，被正巧出来的维吾尔族汉子热情相邀，他说自己是州歌舞团的，在此驻村。包头的李亚强经不住劝，真进屋喝酒去了，我则哼着歌回到蒙古包。

　　蒙古包里歌声悠扬，佩红姐正带着大伙随歌起舞。我想起儿子艺考的那支蒙古舞《摇篮曲》，分外想在蒙古包里听一听。当贺西格的马头琴《摇篮曲》回荡在蒙古包里，陶醉在舞姿里的人们，也暂且忘记来处了吧？

　　说起跳舞，还得提提来自重庆的刘建春。高高瘦瘦的刘老师斯文腼腆，每次被拉入舞场，其文人气质顷刻彰显。哈萨克族姑娘在包厢献舞的那晚，大家把刘老师推了出去，他忸怩了片刻，便跟姑娘纵情对跳起来，引得几位文友情不自禁地融入，连王川也摇头晃脑地舞蹈起来……

　　晚饭前，一部分同伴去村里散步，公路两旁是齐整整的蒙古包或民居。有几个同伴已经走得很远，我们追不上，干脆折进村道的沟渠边。原野无涯，隐见青山，不知道同伴们可否想起各自遥远的家乡。再随意走进一家民居，正逢一位哈萨克族老妇出门，大家围住她合影，她也不恼。

　　院子里，一辆小汽车，几株结满果的杏树，铁丝网上晾着的衣裳，配上西空的火烧云，不禁令我想起额尔古纳河旁一个名叫临江的村子。都是边境线上的村落，都是血色黄昏，都是刻在心头擦也擦不去的痕迹呀。

　　阿拉套山下的察哈尔人家，宫殿般的蒙古包里，盘腿坐在地毯上吃奶酪和喝奶茶的我们，举杯痛饮的同伴，"群魔乱舞"的人们……都定格在明格陶勒哈村静谧的夜晚。

怪石峪的佛

怪石峪位于博乐东北的阿拉套山腹地卡浦牧尕依沟，沙拉套山的山麓。武老师说，怪石峪紧傍亚欧大陆桥第一关——阿拉山口口岸，与之仅隔二十六公里；距准噶尔盆地里的艾比湖三十公里。

我问："会不会安排去趟艾比湖？"他笑道："这几天行程太紧，下次吧。"

好吧，那我就安心去探访这个被哈萨克族牧人称为"阔依塔斯"的地方，看看石头是否真像羊一样。

站在怪石群跟前的一堆人发出惊呼声，我也仿若被一种神秘的气场拽进与烟火尘世截然不同的世界。茫然不知身在何处，这里"天狗望月"，那里"小象汲水"，还可以轻易就找到神龟、老鹰或者鳄鱼……这哪里只是些像羊的石头？一时间，我困惑了，什么时候涌进过一群雕塑家，把这里雕成了一座野生动物园？

童颜的子茉端坐在上山的石路上，任我们拍照。那份安静与纯美，令我恍入仙境。沿途一不小心便会触碰令皮肤红痒的荨麻，唤不出名的野花红果，长着苔藓的怪石间见缝插针的绿色植物，像无数调皮的孩子互相躲着猫猫。它们的存在，又携我重返人间。

我想起了喀斯特地貌的云南石林。石灰岩初起大海中，地壳用匪夷所思的大动作，豪迈地书写了一部两亿多年的地质传奇。自小知道云南石林，是因着一部杨丽坤主演的《阿诗玛》电影。怪石峪也有传说，却恐因长期是阿拉套山腹地的隐者，不为人知。直到有一年被牧羊人无意间发现，才一传十、十传百，吸引越来越多的外地人来此寻梦。

所谓峪，即山谷，是山泉溪流切割出一道又一道的山谷。

二亿三千万年前，此处尚是海底。火山的爆发使炽热的岩浆迸发成花岗斑岩。一亿九千万年前的一场地壳运动，又令斑岩在冷却的过程中裂出诸多原生立方体节理，日后成了风化侵蚀的突破口。整石逐渐四分五裂，球状风化继续深入，终成怪石峪的飞来石。

昼夜也好，冬夏也罢，极大的温差造成了岩石热胀冷缩。长石和云母也来凑热闹，它们玩水解腐蚀，使得斑岩表面逐渐疏松，又经一场场躲不过的暴雨，令岩面凹进去，而松散的岩屑已然由不得自己，一阵强风便可掠走它们……

如此反反复复，千锤百炼成今日的怪石峪。

最难忘山巅上端坐着一尊佛，那是上苍翻云覆雨的一双手才成就的一尊佛。他俯瞰众生，满目温情。众生抬头望，自能感知佛的慈悲与威严。

我顶着正午的烈日爬上蜿蜒而上的石阶，原本为了走近那尊佛。

等我走近佛，发现早已经看不到他的正脸。只能与一干文友紧贴着佛的身，想听听佛的嘱咐。

远处群山起伏，近处流水潺潺，牛羊在原野上吃草，花木各自安生。遗世独立的怪石，散落在卡浦牧尕依沟，这里俨然圣地。

夏尔希里之梦

途经博乐市小营盘镇的明格陶勒哈村，再经哈日图热格，最后经过一大片山前草原，便到了位于阿拉套山南坡的夏尔希里。

在新疆，很多景点都得接受人证检查。夏尔希里原为军事禁区，1998年才由中哈两国争议领土正式划归中国，迄今为止，进入此地都得特批通行证。过第一道关卡时，我发现有一位兵长得格外英俊，便戏谑道："你不去当演员可惜了！"他腼腆地一笑："那您给推荐推荐。"

我不知那些兵来自哪，有些可能比我家孩子还小。日夜守护边境线，他们也逃脱不了日复一日的孤寂吧！身处内地的人，和平年代的人，夜夜笙歌时很难想到，我们的安宁真是靠无数驻守边关的军人用青春和热血换来的。

方才还是灰黄的荒原,一进山,便宛如进了世外桃源。层层揭开的秘境面纱,已让同车的几位诗人的诗情在心头乱窜。离开夏尔希里时,王川蹦出了佳句:"越是危机四伏,越是美得想哭。"现在回想起他的神情,格外理解了"危机四伏"的意蕴。那是平原人对山路十八弯的恐惧,是预知到黑夜来临时野兽可能出没的惊心动魄。而懵懂的我,彼时浑然不觉。

经过柳兰遍布的一道山谷,车停下来,我们就地解决午餐。馕、西瓜、熟食与水,大家有滋有味地分尝着。餐后,垃圾被小心地装进大塑料袋里,再放回后备箱。

山脊的右侧是铁丝网。那边就是哈萨克斯坦共和国了。哈萨克斯坦的野花比这边开得更浓密。中国修整了盘山公路,虽然不能随意出入,也总有人进山。大部分人都会忍不住扒开及人高的紫色柳兰去铁丝网边站站、瞅瞅,久而久之,还是避免不了践踏一些花草。

我们几个调皮地把手伸向铁丝网外,笑曰:"出国了!"

当年在呼伦贝尔,隔着一条额尔古纳河,便可窥见对岸的俄罗斯姑娘下水游泳,更能远眺对岸寂静的村庄;临江的界河里,映照着对岸的草原和晚霞,如浓墨重彩的油画。我当时也想着,过了江,就出国了!

呼伦贝尔与俄罗斯隔着一条河,博乐与哈萨克斯坦沿着山脊隔一道铁丝网。河水会说话,铁丝网却不会。若铁丝网那边突现几个哈萨克斯坦的牧民或边防兵,我会忍不住隔网颔首致意吗?

国境线提示各国领土的神圣不可侵犯。而夏尔希里的野生动物,并不清楚国境线意味着什么。天空装不了铁丝网,白云在蓝天上信步,鸟儿们在天空飞翔,河流随意跨越国境,天山也西伸到了境外,铁丝网约束的只有人类。

愈往山里走,愈觉得一天都走不完。

翻越道道山岭,这边山坡披云杉,那边山坡满草甸。白天,传说中的赛加羚羊、北山羊、棕熊和雪豹都无影无踪，是害怕人类，刻意躲进密林里观望过往的车？连鸟儿也不知栖在哪些枝头，是不是越境潜伏着呢？……据说夏尔希里已经禁牧三百年，刚归还给中国时，草都有人高，野生动物随处窜走。山间道路的开通，多少打乱了夏尔希里的平静。原生植物没法跑，可以借助风，风一吹，种子就飞扬了，照样四处为家。动物们都开始东躲西藏，夜里空无一人时才会出没。

路遇一位骑着马的护林员和几位施工者。带路的书记老党不知如何跟人说好的，只见他换上宝蓝色的蒙古袍，跃上护林员的棕色马，在路边的斜坡上驰骋起来，可能是为了表演给我们这些客人看，也可能是想重温一下骑马的乐趣，他矫健的身姿展示了蒙古族的彪悍。

铁丝网在山坡上漫开，山那边依旧神秘。我们临走时，护林员把一个小男孩送上党书记的车，说自己还得一路巡山，请将他的儿子捎到边防站，让熟人带下山。

车继续前行，风景变化无穷。再次盘桓上山，又下到一处如画的谷地。穿行良久，沉迷良久。起起伏伏的山，周而复始的景，这样天然去雕饰的美，在世俗中几乎绝迹。我搜索着目光能及的每一株花草、每一棵树，生怕下次来或者梦里见时，我们不能相认。寂静的山谷，孤独的山花，都是刚刚经过的或者触摸过的，而此刻已经遥不可及。

云层越来越厚、越来越黑，豆大的雨点忙着敲窗。车爬坡时，前面车上的小男孩突然下车，杨献平和其他几个紧跟下去，原来路边山坎上好多树莓！

我摇下车窗，看他们爬到坎边摘树莓。献平摘了几颗给我，又继续去摘。雨像跟大家较劲似的，愈发猛了。

我捧着三颗鲜红的树莓，半天不舍得丢进嘴里。他们说：" 尝尝，很甜。"嗯，真比南方的树莓要甜。不知是谁在喊："都上车吧。天黑路滑，现在都六点多了，还有很远的路，还得翻山越岭。万一雨不停，路会越来越难走。"

天愈发昏暗，我想着，这山里夜来得比南方还早啊，万一出不了山，被困在山里怎么办？

越野车在打湿的泥路上辛苦地爬坡，没空搭理我。

爬着爬着，又越过一道山岭。穿过了厚厚的乌云，雨小了。

回望对面的山巅，有一所小小的哨卡。我知道那里有哨兵，可能比我孩子还小的哨兵。

经过一个公路边防站，他们交接了孩子。再往下走，已是另一座山头。天渐渐放晴，转眼间从黑夜回到了白日。下山途中，左侧窗外浮现出一道彩虹，静卧在绿色的山峦间。

我从未在山里见过彩虹！我忍不住兴奋地喊："见到彩虹的，都是最幸运的人！"

真的，那道彩虹早不升起，晚不升起，前面几辆车的人都没看到，偏偏等着与我们这车人相见。世上所有的相逢，看似都不经意，但真的那么巧——你在那等着，我恰好来了。这真是让人想起来都无比沉醉的事。

白云蓝天重现。走过的空寂山谷、来时的盘山公路，都早已隐没在阿拉套山中，这是一条单行线。

山巅上一骑马的汉子原地不动，马也纹丝不动，定格成一道逆光静美的剪影。没人看得清他的模样和神情，他是在那等着谁，还是在静享孤独的时光，恐怕得下次再遇到他才问得到。可是，我和他还能相遇吗？

近处山谷，有一群白羊紧贴着草坡，整个山间空空荡荡，只有隐隐的风声掠过。

那一刹那，在山间的数小时，如白驹过隙。

河 与 瀑

不是每一条河流都能抵达大海，也不是每一条河流都有跌宕起伏的一生。南方诸多河流均源于深山，或者就是从石缝里蹦出的一股清泉，一路歌唱，一路流浪，一路欣悦地与别处的泉水相逢，汇流成河时，有可能还在山中寻找出路。

我要说的这条白水河，源于黔西六盘水，在上游称可布河。贵州属于中国西南高原山地，地势西高东低。白水河自西北流往东南的镇宁，在黄果树上下二十公里的河段上，因着特有的喀斯特地貌，突遇一处处峭壁或陡崖，它走投无路，它无法回头，它身不由己，一连串的坠跌，终跌出一处处绝美风景。

瀑布形成的原因不尽相同，专业术语上的"跌水"，总因大自然的鬼斧神工而形成千姿百态的美景，无论是"淙流绝壁散，虚烟翠涧深"，还是"洒流湿行云，溅沫惊飞鸟"，我们在不同的地方，赏不同的飞瀑，总有着不一样的感触。

黄果树大瀑布，是白水河上十八道瀑布里最具典型性、最华丽的"跌水"。白水河是不是一万年前由地下河循环演变成地表河的，这是地质学家研究的事了。沧海都能变桑田，暗河变明河也不一定是天方夜谭。

那天，穿越黄果树盆景园再下石阶，往密林深处走的时候，不一会儿就听到水声。我顿时心安了——不愿跋山涉水去寻美景，或许是不少现代人的通病吧？走出林子，还在这边山头的栈道上，便可透过路旁的枝丫，隐约瞥见对面两座山头间的白瀑。白瀑的落脚处，是高原洼地里的一汪碧潭，潭接纳着瀑，又一层一层孩子气地跌入我视野的右边。白水河慢悠悠往上一折，便毅然决然地奔出一条峡谷，去往我所不知的远方了。

天在白瀑的上空羞涩地蓝着，云应景地白着。阳光细抚着整座山林，也与清风一道轻拂我心。走下那条山道，穿过沿河的木质回廊，我刚抵达碧潭的这边，就已经感觉到瀑布的绵绵缠绕。定睛一看，哦，犀牛潭？莫非真有犀牛当年在潭里嬉戏过？徐霞客倒真是来过，有文字为证："捣珠崩玉，飞沫反涌，如烟雾腾空，势甚雄厉。所谓'珠帘钩不卷，匹练挂遥峰'，俱不足以拟其壮也。"多少后人慕名而来，也曾留下动人诗篇，清人黄培杰就写过："犀潭飞瀑挂崖阴，雪浪高翻水百寻。几度凭栏观不厌，爱他清白可盟心。"犀牛潭给人的感觉，确实像谦谦君子刚劲有力的臂膀。她怎么来，或温柔或热烈或羸弱，他始终温和地接纳着她，将她揽入自己宽阔的胸怀。

以往，我觉得瀑布是不能近身的。观诺日朗瀑布，与它隔着一条峡谷，你只能在观景台倚着栏杆看，丈量着你与它的距离，要不干脆再退上数十步，就能将宽阔的瀑布尽收眼底；看赤水大瀑布，你可以爬上天然观景岩，雄浑的瀑布霸气逼人，你全身顿时被水雾笼罩，被水珠溅湿。而黄果树大瀑布，或许是有了犀牛潭的陪伴，会让你觉得动静相宜，产生奇妙的幻觉。她如莲的面容吸引你，妇唱夫随的默契相守更让你动容。

我在缭绕水雾中一时忘记走开，我知道每分每秒，峭壁倾泻下的河水都不是刚才的河水了，陪伴她的山、树、潭，也分分秒秒在变化。水流过时最无奈也最绝情，山与树在相对的空间里缓慢变化，慢到你几乎觉察不到它们的变。这多像时与空，时每刻在往前走，空却相对永恒。这又多像人与人之间的感情，易变的，像时间与流水；不变的，初心真如昨否？

在中国叫白水河的，光贵州就有两条。黄果树这条白水河，是打帮河的支流，打帮河注入北盘江的下游，北盘江又与南盘江交汇，成了西江的上游红水河，西江汇入珠江。另一条白水河，源起黔东南的雷公山，贯穿整个千户苗寨，先归入巴拉河，巴拉河又投奔清水江，而清水江跑进湖南，在黔城的芙蓉楼畔，与同源于贵州的潕水河相会，化身滔滔沅水。

两条白水河，终将抵达不同的海，最终仍相逢于同一个洋。而彼时，它们可认得出对方的模样？可记得同出自黔地，有过相同的名字？

我总在揣想，喝一江水长大的人，或多或少有着相似的梦想与情怀。河流带不走的只是两岸的青山、村庄或城镇，却带得走陪着它一路奔跑的，那些如影随形的尘世间的欢喜或者忧愁。

跟诸多游人一样，我被动地选择站在那道山谷、那处洼地，或近或远地赏着黄果树大瀑布的经典一面，没时间也不曾想到要跃上山巅去寻找它在上游的姿态。其实，航拍下来的画面告诉我们，不管怎样的河流，它总是因着地心引力，往低处奔跑。每遇无法躲避的险阻，它只能纵身一跃。那一跃，或轻柔，或洒脱，或悲壮。它并非为了成为世人眼里的风景而一路表演，它只是遵从自己的心，按着它命定的道路，投奔它该抵达的地方。

而它，从不担心会孤单前行，总有另一条河流会在某一个拐角与它打招呼："嗨，我来了！"这就像有些人，在尘世间注定无法相逢；有些人，却总能在你不经意的时候与你相遇。有些人，能陪你走一段；有些人，会陪你走一生。

大明屯堡的乡愁

秦朝一统中国后,先后移民五十万人去岭南,又在河套地区设置四十四个县。秦时的移民大致有三种,一为"迁豪",此为政治性移民;二为"罪迁",即将犯人及其家族整体流放边疆;三即戍边者,军队的官兵及家属戍边屯垦。

《史记·匈奴列传》载:"匈奴单于曰头曼,头曼不胜秦,北徙。十余年而蒙恬死,诸侯畔秦,中国扰乱,诸秦所徙適戍边者皆复去,于是匈奴得宽,复稍度河南与中国界于故塞。"

汉代,屯垦扩宽至西北、北疆及东北,皆为边疆维稳。之后,历朝历代均重视屯垦戍边。

朱元璋为平定云南,大笔一挥,谱写了"调北征南"的壮歌,可他明白"虽有云南,亦难守也",遂决定让二十万明军永驻云贵高原。部队留下了,家属随迁来了,民屯、商屯先后建立,四川、湖广及中原地区也有不少汉人集体移民过来,这就是明史上的"调北填南",它是"调北征南"的续曲。

戍边者早已融入中华大地的各个角落,像安顺屯堡这种保留大明遗风的,恐不多见了。

旧　州

我是从一座商铺林立的仿古新城进的旧州老街。

老街赫然出现在眼前时，我最先望见的是一只猫。对，一只灰白色的猫，它蜷在低矮屋顶的瓦上晒太阳，惬意到懒得睁眼望我。

跟仿古新城比，这是一条保存完好的老街：石头垒成的四合院、三合院只能用"低矮"二字来形容，一些院落裹着木板外衣，显然不是贵州特色。石板路逼仄地通向远处，远处迷蒙未知。随意踏入一座院子，正屋门上簇拥着满梁苞谷，让人迅速迷离恍惚。

古镇、老街，我见得多，若非被告知这儿叫旧州，有屯堡文化，我不一定肯来。安顺之外的贵州人，不一定都了解屯堡文化。我更是听公安同行介绍，方知安顺有大大小小的屯堡，旧州有，天龙有，云山屯有⋯⋯

次日中午，我的采访对象建华便拽着我，着急道："申姐，带你去个地方！"

一入贵州，我便重感冒，日头晃得我睁不开眼睛，便不想动。

他解释道："下午我还有个会，只能带你去旧州。你是文化人，来安顺一定得去了解下屯堡文化。"

旧州？我承认是冲着这名字去的——一个"旧"字，似滴墨的毛笔，勾勒出古镇水墨般的前世。

"屯堡"的"堡"字念"pu"，上声。词典里仅三种读音的"堡"，读"pu"时为去声，上声读法大概依了当地方言。他们叽叽喳喳地介绍：屯堡保留了六百年前的大明遗风，皆为石头房子，屯堡人不与周围的原住民通婚，自成一个个小世界，说话有卷舌音，女人日常着大明汉服⋯⋯《安顺府志·风俗志》确实白纸黑字写着："屯军堡子，皆奉洪武敕调北征南。妇人以银索绾发髻，分三绺，长簪大环，皆凤阳汉装也。"

刚踏入西街，便遇一位着绿色大襟宽袖、扎白头帕的妇女，她远远地走来。建华说："快看，这就是大明汉服！"我想起来了，早几天在安顺城里碰到过这样打扮的卖菜老妪、街头闲坐的妇女。我还以为是哪个苗族分支。建华说，这是屯堡女人的日常着装。正讶异，女人已走到我跟前，尖尖的绣花鞋格外抢眼。我迎上去，问："能跟你合个影吗？"她笑意盈盈，道："好的。"又问："你是汉族？"她连声说："是啊！屯堡人都是汉族，六百年前从江浙那边过来的。"

她的口音里并无传说中的卷舌音。

我对屯堡文化正一派混沌，她已飘远。

还是在西街，一宅门口挂着"谷氏旧宅"的木牌，走近一看，这座始建于清中期的老宅，是国民党中央委员谷正伦、谷正纲、谷正鼎三兄弟的祖屋。"一门三中委"，曾名扬一时，跟宋氏三姐妹一样。

相传明朝年间，湖南常德石灰巷有谷氏叔侄宦游云贵二省，叔居滇，侄居黔。几经辗转，居黔的侄子投奔其常德老乡——"调北征南"入黔的伍复一全家，始居旧州西部的甘棠堡牛蹄湾，与伍家为邻。明末清初，谷氏后人迁居旧州西街，再后又迁至安顺。

安顺城的谷家，与无产阶级革命家王若飞家相距不远，我都去探访过。两家均曾为安顺大户。谷正伦年长王若飞6岁，若飞迁居贵阳前的七八年间，他们可有过交集？若飞五岁前尚懵懂，之后又陷入家庭变故，与谷家三兄弟不相熟也极有可能。两家儿子先后出国留学，走上的却是截然不同的革命道路。谷氏三兄弟终老于台湾，若飞在新中国成立前于山西坠亡。四人皆未见过新中国成立后的安顺城，却都成了同时期的当地历史名人。

许是走马观花，屯堡文化在旧州时隐时现，谷氏旧宅也大门紧闭，印象深刻的反倒是鲁氏会馆，即鲁大东老宅。

这座中西合璧的建筑，白外墙，传统轿子顶，配木制外廊。鲁大东是湖北人，在贵阳求学时与旧州一富豪之女赵碧光相识相爱。追随爱人来到旧州的鲁大东，做了镇上的教书先生。洋楼建成时已是1943年，据说前后建了五年。成立后洋楼充了公，改成镇上的卫生院，鲁大光在洋楼工作到退休。其后人今在何方，无处探寻。赵碧光的家族是否为屯堡人，祖上是否来自江浙或湖广，也成了谜。唯鲁赵的爱情，成了温馨的旧州传说。

今时的鲁宅，被装修成西式餐厅，院里的圆形古井水源源不绝。井水顺屋门口的浅水沟流往巷子尽头。只需随流水朝前走，就仿佛随它走进了旧州的旧。流经每栋老屋门前的水，清澈、浅淡。几个孩童在水沟前嬉戏打闹，想必他们是屯堡人的后代。

转弯的巷口写着三个字：水井巷。

在鲁宅我曾问一位服务员，井水能喝吗？她笑说："可以的，您随意。"我掬起一捧水，送入嘴里。嗯，真甜，仿若鲁赵的爱情。

回安顺途中，公路右侧一湾碧水逶迤前行，建华讲那是邢江。南方称"江"的，多为小河，与高原海子有异曲同工之妙。邢江两侧的湿地似江南，让我想起光影中的泰州溱湖湿地。邢江湿地显然不如溱湖湿地壮观，却同样温婉，与旧州及屯堡人的气质颇相配。邢江属长江的支流乌江水系，东流至红枫湖。咦，屯堡人在高原上顽固地保留大明遗风，归根结底是不敢忘乡吧。从长江中下游迁徙到中上游，原非自发迁徙，是历史逼着他们写就"调北征南"填南史，他们只能委托小江小河将思念捎往家乡。数百年的江水滔滔东流，承载着多少屯堡人的乡愁啊！

旧州镇原为元明之际的安顺州治。元至正十一年（1351年）置州，明成化年间治所迁往阿达卜（今安顺市区），这里后来易名旧州。贵州其实有两个旧州，另一处在黔东南的黄平，是春秋时期的且兰国。

黄平旧州与安顺旧州相隔三百公里，这一数据来自高德地图的高速公路里程。黄平旧州因何得名？它又是谁的旧州？我想，得闲也去访一访才知晓。毕竟，泱泱华夏，我所了解的历史太多，需要去探寻的未知也太多。

天龙屯堡

那夜,在安顺城乍起的秋风中,我打着寒战看完了实景演出《大明屯堡》,次日我决意去天龙古镇。因为天龙有传说中的沈万三,有毛阿敏唱的《茉莉花儿开》,有婉转深情的女声唱起:"若是你归来,我为你歌唱,我的歌声像杜鹃嘞,相思若断肝肠……"

大明的将士在天龙等谁?大明将士的妻子在家门口等谁?

走在天龙的石头城堡,像踏回了六百年前的大明。

明朝初期,朱元璋为巩固西南边陲,于洪武十四年(1381年)派傅友德、蓝玉、沐英率三十万大军远征云贵,这就是著名的"调北征南"。远征军的大本营设在安顺。平定云贵后,朱元璋为防乱事再起,下令就地屯田养兵,陆续又迁来屯军家属及部分江淮、河南的移民。屯军在驻地建村设寨,平时务农,战时为兵,类似今日的新疆生产建设兵团。石头房里糅合着江南风味,星星点点般散落在贵州中西部,尤其是安顺境内。正是六百年前的"调北征南"和"调北填南",使独特的屯堡文化在漫长的历史烟云里,开出一朵朵古朴别致的花来。

天龙古镇,只是安顺诸多屯堡中颇具代表性的一座。

在天龙,不得不提沈万三。八年前去江南水乡周庄,我就熟悉了这个名字。当年"资巨万万,田产遍于天下"的沈万三,长期居住在周庄。沈宅的恢宏气派彰显着其当年的富可敌国。相传,明初朱元璋定都南京,要修明城垣,沈万三"助筑都城三分之一,又请犒军"。这让朱元璋起了疑心,动了杀心,幸好马皇后劝阻,改为流放云南。贵州那时尚未建省,安顺归属云南。

天龙古镇上的沈万三故居,据说是其儿子沈茂所建,虽不如周庄的沈宅气派，但屋内结构、布局、木雕门窗都跟沈厅相像。如今住的不知是否为沈家后人。只听说，沈家的后裔沈向东居天龙古镇，经商，是天龙沈姓的族长。经史学家考证，明洪武六年至二十六年间（1373—1393年），沈万三大部分时间确实在安顺生活。经祖传家谱等考证，毕节乌蒙，遵义团溪、野彪，也都有沈万三后裔。

沈向东介绍，当年沈茂是在沐英将军的庇护下落户天龙的。沈万三爱马，在贵州时就发展了中西部的马帮。天龙镇遗留着其当年的放马坪、盐仓、粮仓、染坊。天龙还有一个大的聚宝盆，盆上有一首诗，据说是张三丰写的："浪里财宝水底藏，江湖英明空荡荡。平生为仁不为富，舍弃红粉入蛮荒。"是沈万三的马帮，使当时的黔中经济如绿芽初发。之后，贵州马帮遍地开花，直至20世纪70年代。

黔南的福泉山建有沈万三陵园。史载，洪武二十三年（1390年），武当道派创始人张三丰云游云南，与沈万三相遇，两年后，沈万三放下俗世万物，追随张三丰上福泉山修道。彼时的福泉市地域，古时也属且兰国，明朝晚期唤"平越府"。沈氏家谱说沈万三卒于1394年，终年八十八岁，其五世孙沈廷礼于1498年将其迁葬周庄银子浜，名水底墓，总算魂归故里。

天龙在元代就是顺元古驿道上的"饭笼驿"。明初，这里屯了大量江浙兵，渐成屯堡，又改名"饭笼铺"，最后被本地儒士改为"天龙"。

屯堡妇女的服饰叫凤阳汉服，传说是当年马皇后爱穿的服饰。天龙古镇上，到处走动着身穿宝蓝或绿色汉服的中老年妇女。有些老人摆着小摊，在自家屋前或墙脚卖着绣花鞋、婴儿布鞋以及手工鞋垫，我每经过一处，便会有老婆婆喊住我："妹子，买双绣花鞋吧。"我扬扬手中的一双婴儿鞋，抱歉地说："买了噢。"她们仍然满脸堆笑，继续游说："再买几双，帮我开个张咯。"那天不是周末，游人颇少，只有一些外国人在好奇地摸摸这，拍拍那。

古茶亭煮茶的两位屯堡妇女，请过往游客免费喝放了八味中药的茶，我笑问："是哪几味？"胖大姐飞快说出六味，最后冲我咧嘴笑说："还有两味，保密。"她让我看她额头，原来她们结婚当天就得剃额修眉，挽圆髻，包白头帕，去村里喝喜酒时，才换黑头帕。老婆婆包黑帕，只有未婚女孩梳独辫。她豪气地说："我是南京人后裔，我去过南京两次，我还知道自己在网上有照片呢！"她告诉我，天龙有四大姓：张、陈、沈、郑。这些姓氏，都来自哪里，想必得查阅各家族谱才知。她指着自己浅绿色的宽袖汉服，说："现在还改良了，以前袖子更宽大，六百年前的祖先就是这么穿的。"我在她摊上买了三双绣花小鞋，说可以挂在家里辟邪。后来想到，买这么多，送人，人家还以为给他小鞋穿。陪我去的小吴一听，乐了。她说她母亲也是屯堡人，她家住大西桥镇，她母亲一直穿着这种宽袖汉服。我说："你也是汉族啊？"她说："是的，听说祖上是从江西过来的。"我立即攀老乡，说："我祖上也是江西过湖南的呢，不过是宋末元初。"

这活生生的明代史书，正逐渐拂去历史风尘，在安顺的角角落落，静候着大家去翻阅。你无须再一头扎进白纸黑字，苦寻那些久远了的历史。去每一座屯堡，你都可以随意拾起大明记忆。

我也一直在想，为何屯堡人还保留着那么多大明遗风？不管是建筑、服饰，还是饮食、习俗和娱乐方式，都透着浓浓的江南余韵。时光仿佛在这里打了太长的盹，把江南风物都定格在了六百年前，遗落在这山高水长的西南边陲。屯堡人努力地保留着祖籍的旧习俗，是因为心里始终有乡愁，故土若只能在梦中，那么就在梦里回江南吧！

《大明屯堡》的主题曲《茉莉花儿开》，取自伴随了屯堡人六百年的洪武茉莉花鲜花调，经毛阿敏温暖深情地演绎，确实戳中了屯堡人的泪点："茉莉花，茉莉花，静静开在我的家，自古人人都爱它，芬芳美丽满天下……茉莉花呀，莫离花，香伴悠悠千万家……"

西沱古镇的坡坡街

一

大巴在一个小镇模样的地方停下之前,我一直在车上打瞌睡。等车停下来,我茫然地跟下车,不知道到了哪里。同车的石柱文友陈鱼乐指着公路左侧,笑说:"往下走走坡坡街吧。"

坡坡街?我一瞅,好像是一条老街,熟悉的青石板路。为啥这么陡?我望望自己脚上的细高跟,有些沮丧,说:"算了,不下去了。"陈鱼乐赶忙讲:"你看,马路右侧往上还有呢,我们就走下面这截,下面是长江!"

我瞟了下马路右边,确实有往上的青石板路,当时没人告诉我,这两截路有什么必然的联系。听到"长江"两个字,我勉强打起了精神——任何陌生的地方,首先打动我的总是一江水。可能王洛宾那首歌太过刻骨铭心,到哪,遇到任何一条江、一条河,我都会站在此岸遥想彼岸。遥想若没有桥,该怎么过河;若有渡船,又有没有沈从文笔下的翠翠?河那边是否芳草萋萋,你会否与我一样殷殷期盼?

我试着往下望,目光穿越一条老街,果然见着影影绰绰的一江水。那时我并不知道,从前是可以站在更高更远的独门嘴,在那株几百岁了的黄桷树下朝下望的。当年,街更长,老房子更多,街头巷尾的欢声笑语更密……

上海文友陈晨一把拽过我,干脆地说:"没事,瑞瑾,我扶着你慢慢走下去。"

我深呼了一口气,决意顺阶而下。青苔在石阶的夹缝间拼命往外挤。没见到几个街坊邻里在门口晒日头。文友远山笔下的小猫并没与我相遇。唯见老街两侧鳞次栉比的老屋,是穿斗木结构,白色的夹泥山墙。好在走十几步就有一块平整的青石板台面,供人歇歇脚。

湖南凤凰街头摩肩接踵的人流让我不安,这条老街的清寂无声同样让我不安。我东瞅瞅西瞧瞧,指着临街一幢木屋漫不经心地告诉陈晨:"这窗子工艺不如湘西,我们那边的老木屋窗棂图案都是雕花的,还有蝙蝠。"我的确没说错,湘西各地,明清时代留下的老屋窗棂雕工精美,蝙蝠寓意"遍福"。

一处平台右侧老屋前的门槛上坐着一位双目炯炯的老人。不知谁问了他的年纪,老人答:"七十三。"人群里传来"呀"的声音。尽管老人留着白色的山羊胡,可他长着一张好似没被岁月摧残、精气神十足的脸,大家不相信他年过七旬也是情有可原的。老人戴着一顶绒线帽,穿着一件黑坎肩罩着的靛蓝的中山装。他家木窗的一角摆着算命的牌子。大家纷纷围住他,聊天,拍照,他索性回里屋取了杆烟枪,笑道:"好好拍吧!"这些年来古镇的人多,想必他早已习惯被围绕与关注了。那年我在溆浦芦茅坪花瑶寨见过的大叔,不也是这样?本来扛着根水烟袋在吸烟,见有人拍他,干脆一板一眼地配合着摄影者。这样的男人年轻时都一表人才,指不准当年也是撩妹高手呢。

从老人的眼睛里我读到了许多故事,可惜忘了问问他是土家族还是汉族,更忘了问他会不会唱土家族民歌《六口茶》。我早在几年前听过这首歌。我的先生姓向,是土家族,虽然他们汉化多年。《六口茶》讲的是一个青年男子遇到心仪的姑娘,不敢冒昧打探她的情况,拐弯抹角地从姑娘的父母、哥嫂、姐妹、弟弟问起,一直喝到第六口茶,才鼓起勇气问:"喝你六口茶呀,问你六句话,眼前这个妹子嗻,今年有多大?"妹子等的就是这一问,却仍假装嗔怪:"你喝茶就喝茶呀,哪来这多话,眼前这个妹子嗻,今年一十八。"

故事的结局我们可以尽情想象。

走了不少石阶,我们终于下到江边码头。江边有一座高大的牌坊,上面刻着三个大字:西界沱。

下午的阳光有些慵懒,我眯缝着眼睛,穿过偌大的码头朝长江边走。长江用"L"形的姿势在此华丽转身,就头也不回地继续往东北走。河对岸听说是忠县,有个大名鼎鼎的石宝寨。

我从小知晓溆水和澫水都是沅水的支流,而沅水又汇入长江。作为长江流域的子民,我对母亲河的感情不是三言两语表述得清楚的。十一年前,自南京长江大桥中段下去,穿越几畦菜地,我看到了长江及过往的轮船。次年又在奔往泸沽湖的路上见到在高山峡谷里穿行的金沙江。

金沙江在云贵高原上踉跄东行的脚步声我还记得,它在四川宜宾——那个因五粮液而闻名的城市——换了个称呼:长江。而长江到了西界沱,不再激越。江水静静地望着我,我呆呆地望着它。三峡工程抬高了这里的水位,西沱镇有没有老街永远沉睡在水下?码头空旷无声,回水沱城府太深,没有告诉我这个答案。

大巴早候在江边的大道上,我纵有重登坡坡街的想法,也只能是妄想了。

二

其实这些年我走过不少古镇。且不说湖南的凤凰、洪江、靖港,往远一点说，山西的平遥，山东的台儿庄，江南的周庄，云南的丽江、大理，它们各有各的风情，又都让人觉得似曾相识。

那些古镇的古，已非远古的古。

去时懵懂，走时让我怅然的西沱，它的古，似乎不一样。只可惜它被挟持在一堆现代建筑里，有些不知所措。

天堑变通途，使得长江支流龙河上的土家风雨桥、秦良玉铜像、吊脚楼、千古悬棺以及万寿寨、千野草场、大风堡、黄水镇的高山平湖，都不再羞答答地藏于深闺。国内正大力提倡"康养"概念，光靠风景取胜的旅游景点已经不占优势，这是石柱的福音，也是城市人的福音。重庆到石柱的高铁只要个把小时，石柱不正等同于重庆的后花园？城里人都意识到莫名其妙的疾病如饿狼般扑往人类，寻一处可以定期去大口呼吸几天负氧离子的地方，便成了许多人的梦想。

石柱的旅游理念是走在前列的。旅游开发，也加快了石柱精准扶贫的步伐。变成通途的天堑，不再需要背夫一步一个脚印把古道继续走下去，这又何尝不是西沱人的福音？

西沱的前世今生，实际上跟巴盐古道密不可分。

知道巴盐古道之前，我只略知茶马古道。茶对于我来说，早已是必不可少的日用品，巴盐，则是新鲜的词汇。好在可以顾名思义：巴地的盐。

巴地，大约指巴国。早在三千年前，西沱是属于巴国的。

长江北岸的忠县也隶属巴国。其监、涂二溪产盐，跟自贡盛产井盐一样，统称"川盐"。

经由南岸西界沱（也就是后来简称的"西沱"）的陆路，巴盐可以运往荆楚大地甚至更远的地方，我在想，我的先辈一定也吃过巴盐。"巴盐销楚"，令西沱古镇成为巴盐古道的起点。

盐道自江边码头沿山脊蜿蜒抵达山顶独门嘴。一代代的背夫日复一日、年复一年地背着沉沉的巴盐、蜀绣或丝绸，从码头一步一个脚印地往上爬。爬完这些石阶，还有别的山头。他们要越过一座又一座山，把巴蜀的东西背到湘鄂，再从湘鄂换回巴蜀所需的桐油等物资。他们结伴而行，即使在三尺道上披荆斩棘、风餐露宿，也不会觉得孤单了。

《四川通志》载："蜀自汉唐以来，生齿颇繁，烟火相望。及明末兵燹之后，丁口稀若晨星。"于是有了历史上数次大移民。西界沱也同样迎来了无数沿着巴盐古道闯进来的商贾。他们抢占有利位置，招揽盐商和力夫，在这条长达两千多米的古盐道两旁修客栈、设商铺，建造会馆和寺庙。明清以后，这里茶馆戏楼林立，徽派建筑与土家吊脚楼交相辉映，正如唐代黄峭所吟："年深外境犹吾境。"彼时，他们没空遥想故土；彼时，他们忙着让长江文化、巴蜀文化、荆楚文化和土家历史文化融合。

坡坡街成了背夫们长途跋涉的起点与避风港。"一里半石桥""千脚泉"都在被公路隔开了的上半截街，我只能从纪录片里感受。

相传在宋代，坡坡街上有位老先生，他怜惜过往的背夫，便把水井凿在家门口供他们过往时饮用。那年夏旱，井水干涸，他只得每天一大早从镇外山野挑水灌入井中。直到有一天他起晚了，挑水途中被一队背夫发现真相。背夫们深受感动，在后来被唤作"千脚泉"的井边为老先生跺脚鼓劲，清泉忽地从井里汩汩而出，自此再没干涸过。这以后临街的家家户户也学着老先生在家门口摆上一口水缸，供过往的背夫和行人解渴。

背夫运送一次货物得一个月。他们在外的一个月，也是家中老少望穿秋水的一个月。曾有一位背夫在油草河不幸遇难，撂下妻儿。消息传回坡坡街，街坊便自发接济他家，让苦命的母子得以生存下来。

背夫这个职业如今已在坡坡街绝迹，而总有一些东西在坡坡街传承，比如与人为善，比如修桥、补路、修学堂。

明末忠县人秦良玉,是唯一上了将相列传的女将军。她曾在西沱镇的南城寺进香朝拜,并捐资重修此寺。她驻守四川时,适逢川地大旱,她下令在南城寺熬粥赈灾,接济灾民数万人。此后更是逢灾必救,临终前更是留下遗愿,要后辈继续行善。

其族人后代秦文洲在接受中央台采访时说,秦家曾与坡坡街世代行医的熊家联姻。19世纪末,西沱镇瘟疫横行,熊家大药房的掌柜熊庭英与秦姓夫人商量,决定拿出积蓄购买药材,熬制汤药给过往的行人免费服用,许多患病的乡邻得以痊愈。其子熊福田后来承办"兴隆巷党案",担任被告辩护律师,也用正义的精神和精博的法律知识拯救了二十多名中国共产党人。

两江总督陶澍于清嘉庆二十四年(1819年)冬出任川东兵备道,夜泊西界沱时曾写下《晚泊西界沱寄题秦良玉旧楼》,他也写过不少推介家乡安化茶的诗行。现代著名画家徐悲鸿更是创作出油画《西沱风景》,后以一千三百多万的天价拍卖了出去。

三

我很好奇第一个把西沱古镇推到世人面前的那位石柱土家族自治县文物工作者姓甚名谁,他的无心插柳早让柳成了荫。三十多年过去了,他尚健在否?这是西沱人应该记住的一个人,一个功不可没的人。

我在中央台《记住乡愁》的纪录片中听到主题歌《乡愁》,有一句歌词是"日久他乡即故乡",也是黄峭"年深外境犹吾境"的下句。据说黄峭为敦促后辈各自出去谋生,特意写下这首《认亲诗》,算是黄家人日后相认的依据。他的豪迈与大气令人钦佩。他乡可以当成故乡,故乡却还是故乡。我想这不仅是西沱早年移民的切身感受。贵州安顺屯堡人的乡愁,"湖广填四川"的人的乡愁,我父亲投奔其叔祖来到溆浦的乡愁，库区移民的乡愁，都是一碗水、一杯酒、一朵云、一生情。

相传远在新石器时代，即有巴人居住西沱。巴人是什么？他们说是土家族的先人。作为湘西土家族的媳妇，我自然对石柱、对西沱、对巴人有着天然的亲近感。怀化不少县市属于武陵山区，武陵片区的划分拉近了我与石柱的距离。在万寿寨感受到的酣畅淋漓的土家族摔碗酒，在大巴车上导游一遍又一遍教唱的《六口茶》，都让我有回家的感觉。

西沱在商周时期为古代巴国及巴民族的活动地区，《山海经·海内经》里记载："西南有巴国。大皞生咸鸟，咸鸟生乘厘，乘厘生后照，后照是始为巴人。"大皞即上古时代东方部落首领太昊，后照为巴人始祖。

春秋时，西沱为巴楚交界地，居西界，是板楯蛮与有崖葬习俗的古代民族的活动区。公元前316年，秦灭巴蜀，巴蜀不再，巴人依旧。秦汉时西沱属巴郡，农耕文化发达，城镇初具规模。北魏时称之为"界坛"。忠县的锅巴盐，造就了西沱，唐宋年间，使之发展成川东、鄂西边界的重要商贸城镇，明清时期更是一派繁荣。

长江三峡工程使得长江水位提升，库区多了不少高山平湖，湖光山色把无数前尘往事永远埋在了水下，回水沱变得愈发平静。有"云梯"之称的坡坡街不得已被拆掉五百米，笍门路、月台路毫不留情地将"云梯"一分为三，原本堪称完美的云梯街就这样变得支离破碎。古街起初有1124步台阶和112个当年供背夫歇气的平台，如今只剩692步台阶和89个平台，总长仅八百多米。

在现代文明与历史传承间，一些旧物注定会逐渐消逝，无法挽留——就像我们终将失去自己的肉身，终会与尘世诀别；就像地球有一日终将诀别于宇宙，只是时间长短而已，只是在有限或漫长的生命旅程中，我们更愿意相信永恒的存在。

据说，西沱古镇有不少原住民在努力保护着西沱，他们用影像、图片、艺术力图还原西沱的前世。背夫的后代们重新扮演起祖辈的角色，试图用这种方式缅怀先辈，感恩先辈用汗水甚至生命换来家族的延续。

万事万物皆有因果，万水奔往大海，我们注定留不住所有的过往，注定只能在回望中缅怀遗失的美好。物质的形成与湮灭，是物质运动的自然规律，终将是强留不住的一抹红，像春天的花，总会枯萎，更像久远年代里存留下来的文物，总会斑驳。那沉睡两千多年的辛追夫人，从马王堆西汉古墓群里出土后，几十年过去了，可还如刚出土时栩栩如生？

精神层面的东西则能通过各种形式存留，在历史的长河里被大浪淘沙，再代代相传。

今生的西沱远非前世的西沱，今日的坡坡街不再是当年的坡坡街。

山高水长的西沱还是那么静谧地孤守着。据说赶上节假日，赶上过年，它会恢复往昔的热闹。在外打拼的游子，不管祖辈原籍何处，更多的是对西沱怀有的乡愁了吧？他们在西沱出生长大，血液里流淌着西沱人的温柔与刚烈，他们早已把西沱赋予的善与美播向远方。

真希望有那么一天，我会偶遇一位合眼缘的人。他告诉我说："嗨，我来自西沱。"我回答他道："噢，我知道西沱，它在长江边，有一条像云梯一样的坡坡街，有一些感动人的故事始终在坡坡街传说。"

耒水上漂过的诗

> 秋深时伊曾托染霜的落叶寄意，
> 春醒后我将以融雪的速度奔回。
>
> ——洛夫

一

十几年前的文学课堂上，著名诗歌评论家李元洛侃侃谈着唐诗宋词元曲，末了，他聊起湖南籍台湾诗人洛夫，声情并茂地朗诵起洛夫写给他的《湖南大雪——赠长沙李元洛》："……你我未曾共过/肥马轻裘的少年/却在今晚分说着宇宙千古的苍茫/人世啊多么暧昧/谁能破译这生之无常/推窗问天/天空答以一把彻骨的风寒……"

从那时起，我就羡慕诸多师友与洛夫有过深深浅浅的交集，而我因为不写诗，不曾系统地阅读其诗，关于他的生平，关于他的故乡，我都是陌生的。

立冬前几天，我跟着十来位作家坐中巴到衡南县相市乡艳山村，在一条简易公路边停了下来。

但见一条下坡路，两侧皆为人家，屋前屋后的橘树、柚树缀满果实。几位女作家眼馋，随口问："这蜜橘可以摘不？"路旁的村民听到，忙说:"没事没事,随便摘。"三位男老师便停下脚步,踮起脚尖,为我们摘起了橘子。我剥开一尝:呀,衡阳的橘子也好吃!酸甜的橘子入了口,我的精气神也足了,顾不上左盼右顾,跟着大部队继续下坡,左拐,经过一幢半新的农家小院,再左折,远远地见到了一幢与众不同的老宅。

我深呼了一口气,粗粗打量了下周围。正前方是一幢黛瓦青砖、翘角飞檐的老宅,却远非我想象中的深宅大院。屋前屋后皆现代民居,它便略显突兀,还有些落寞。清秀古拙的"洛夫旧居"四字木匾悬在门楣,木门两侧镌着木制对联:"曲楚才情洛阳纸,潇湘水月夫子诗。"走近一看,是本土诗人郭龙撰的联,著名学者谢冕写的字。绵墙下方两扇窗明显呈西洋风,木门和阁楼上的小木窗则是普通中式。我正诧异于这幢老宅的简陋,衡阳文友提醒道:"中西合璧的老宅是洛夫父亲1941年回乡重建的。现在看到的,不过是数十年风雨飘摇中幸存的一截南厢房罢了。"

秋阳均匀地撒在青里泛黄的上半截绵墙上。下半截外墙那会儿还晒不到太阳,左前方的村民楼房挨得有些近。重重叠叠的影子,忽然在老墙上影影绰绰,我使劲揉了揉眼睛,那分明是洛夫童年的影子、少年的影子,还有暮年的影子呀!

右侧的原野一眼望不到边,两株立在村道旁的乌桕树,说是见证过洛夫的生、洛夫的长、洛夫的远走和八次回归。叶子绿了黄,黄了红,红了落,落了生,年复一年,迎来送往。它们大概都记得,满头银发的老诗人多年没回来了。

洛夫与夫人最后一次回乡,是2012年10月,视频里的老先生精神矍铄,正参观刚建成的洛夫文学馆。而六年后的早春,乌桕树与老宅只迎来一帮手执黄菊的文人骚客。洛夫的五弟莫远征接受电视台采访说,二哥原本已跟他约好,农历五月回乡,大家给他过九十岁生日。

二

洛夫第一次回到燕子山是1988年盛夏。乡音无改，鬓毛微衰，乡愁早已凝成《伤逝——又见衡阳老屋》："回家真好/我从桌上厚厚的灰尘中/听到母亲的咳嗽/从老家的窗口/看到十二岁堆的雪人/至今犹未融化……"

他当年打探到老母尚在人世，却因关山阻隔，难以相见，一年后等来母亲身故的消息，锥心的痛，当即化为《血的再版》："……香港的长途电话/轰然传来/一声天崩地裂的炸响/说你已走了，不再等我/母亲/我忍住不哭/我紧紧抓起一把泥土/我知道，此刻/你已在我的掌心了……"

他去罗家祖山给母亲上坟，写下《河畔墓园》："……刚下过一场小雨/我为你/运来一整条河的水/流自/我积雪初融的眼睛/我跪着，偷觑/一株狗尾草绕过坟地/跑了一大圈/又回到我搁置额头的土堆/我一把连根拔起/须须上还留有/你微温的鼻息。"

追溯起来，余光中与洛夫的诗相继在大陆走红，李元洛的倾力评介功不可没。诗歌的魅力就在于，数行短句，有时胜过千言万语——能瞬间俘虏人心，让陌生人秒变知交，令文人惺惺相惜。李元洛在泉州总工会招待所一张1980年10月的小报副刊上打捞到余光中的《乡愁》与《乡愁四韵》，火热出炉了《海外游子的恋歌——读台湾诗人余光中〈乡愁〉与〈乡愁四韵〉》；1985年的香港期刊又把洛夫推到他眼前，催生出《一阕动人的乡愁变奏曲——读洛夫〈边界望乡〉》。两篇诗评先后被《名作欣赏》刊登，两位海峡彼岸的诗人自此成了华语诗坛乡愁诗的"双子星"。

余光中的乡愁诗像一幅白描，寥寥几笔便戳到读者的泪点。于是，世人皆懂乡愁是余光中诗里的邮票、船票、坟墓和海峡。而洛夫的乡愁，硬生生把自己"撞成了严重的内伤"，将妙语奇句涂抹成晦涩朦胧的油画。

1979年3月洛夫受邀访港，时任香港中文大学教授的余光中驱车陪洛夫去落马洲。离乡三十年的洛夫，"望远镜中扩大数十倍的乡愁/乱如风中的散发""而这时，鹧鸪以火音/那冒烟的啼声/一句句/穿透异地三月的春寒"……近乡情怯的他，回台湾即写出《边界望乡》。

有着相同年纪、相同时代背景，在同一年背井离乡的余光中与洛夫，一位随父母迁居香港，次年去台湾；另一位弃家人漂泊至台湾。他们的乡愁是一样的，又是不一样的。

余光中于2003年回过闽南祖厝，他在《八闽归人》中写道："泪水忽然盈目，忽然，我感到这一带的隐隐青山，累累果林，都为我顾盼所拥有，相信我只要发一声喊，十里内，枝头所有的芦柑都会回应。骤来的富足感一扫经年的乡愁。"他的乡愁，不仅仅有祖籍永春，也有出生地南京；而洛夫的祖辈在耒水边的相公堡，因而他的乡愁，只归一处。

换一个角度想，两位诗人又是幸福的，他们相隔着海峡，尚能回到故土，回到老屋。而我们这拨城里的孩子，多数出生在简陋的公房，多少年过去，我们去哪里寻找自己的老屋？

余光中小洛夫几个月，先三个月走。生老病死原是人间常态，但"双子星"相继陨落，依旧黯淡了华语诗坛的星空。

还是那天的洛夫旧居。

秋阳从爬满枯枝藤蔓的木格栅窗活泼泼地闯入，许多的诗句在阳光中跳跃，诗意瞬间填满了空落落的老屋。正屋后门被不经意推开，比人还高的野草，有直扑入门的架势。枝丫间缀满的毛茸茸的白，也像极洛夫散落天涯的诗句。野草应该有学名，只是我不认得。久违了人群，它们大概也想倾诉倾诉守着老宅的枯寂吧。一方小天井，与天空的一小块蓝遥遥相望。三两株蕨类植物，靠着偶落的雨和不时闯进来的阳光，努力地活着。那些细密的青苔，算与蕨叶互为陪伴。

进屋左拐再回头，就能抬头见阁楼。一架旧梯子伸向阁楼，上头空空如也，土墙欲说还休，它们还记得起当年藏身阁楼读书的那个少年吗？

正屋墙壁上挂着洛夫及家人的旧照，洛夫长得酷似其母，一样的团团脸，一样的菩萨相。洛夫手书的联与门联内容相同，被制成黑底绿字的木刻挂在正屋两侧。有扇木窗外，邻居家近在咫尺，饭菜香、鸡鸣狗叫，天天陪伴着老宅的旧照和零星植物。而屋里的它们，一定沾染了少主人的浪漫，关照彼此的孤独，偶然一起听听风、看看雨，找寻此起彼伏的诗句，等着慕名而来的客人……

三

洛夫说自己一生中有两次"流放"。

第一次"流放"台湾，跟政治无关，只跟"我是一只想飞的烟囱"有关。

他与一位叫肖牧的中学同学，被冰心的《寄小读者》里关于海洋的描写所吸引，心里皆埋下一个关于海洋的梦想，遂在1949年结伴漂洋过海走天涯。肖牧的兄长是潜伏于国民党空军的中共地下党员，次年帮弟弟弄到最后一张回大陆的机票。曾被命运捆扎在一处的洛夫与肖牧，就这样被时代的洪流无情冲散，之后的几十年，隔着一条浅浅的海峡，各自挣扎在不同的命运里——回到大陆的肖牧，因有国民党特务之嫌，屡次在运动中受到冲击；而洛夫，日后凭长诗《漂木》，拿到诺贝尔文学奖提名。

久别四十年的两位老友重逢在盛夏的衡阳火车站。面容年轻的洛夫、俨然小老头的肖牧，紧紧相拥，热泪盈眶。多年后，洛夫提及那次忐忑的归乡，仍感叹："与祖国恰如其分的距离，让我重新回过头审视我曾经生活过的这片土地。"

第一次的"流放"，使他创作出著名的《石室之死亡》，如同谶语的一些诗句早成经典:"而我只是历史中流浪了许久的那滴泪/老找不到一副脸来安置。"

全家移居加拿大温哥华,是洛夫的第二次"流放",那是1996年的事了。

那一次的"流放",成就了三千多字的心灵史诗《漂木》:"……漂木的内部是你思乡的痛楚/漂木的四周是咸涩的海水/一只茫然的水鸟,站在漂木上/而时间,默默流过你的白发……"

洛夫曾说过,海外华人就像漂木,在时代之风吹袭下随波逐流,他们最向往的还是祖国的关怀。他们需要透过写作求得精神的力量,在中国的传统文化中得到支持。

这只"衡阳雁",这只"想飞的烟囱",这根"漂木",少年时从耒水漂到湘江,年轻时漂过台湾海峡,暮年时漂越太平洋。按他自己的说法:"孤独是一个诗人的营养。"而有一天他终于漂泊不动了,想起黄永玉当年在凤凰调侃的话:"洛夫你这块老木头疙瘩,今天漂了回来,明天又要漂离远去,你到底要漂到哪一天呢?"八十八岁那年,他选择回台北,依旧住在四四南村。若非两年后那场新书首发式,若非他勉为其难地多签了几十本书,他的感冒可能不会加重,也许他就能在三个月后回乡过他的九十大寿,甚至现在还活着。谁知道呢。

辞别洛夫旧居时,我们人手捧着几瓣柚子,那是洛夫的族人从乌桕树间的柚子树上现摘的。柚子酸酸甜甜,颇有回味,像进村路上尝到的蜜橘,也像洛夫的诗歌。听我们说柚子好吃,族人又忙不迭地摘了一大袋,硬塞给大家。我就这样揣着燕子山的柚子回家,不敢回头。生怕一回头,就望见老诗人站在老宅门口,向我们频频挥别。

一行人在相市滩码头过渡,去彼岸的相公祠祭拜诸葛先生。据说诸葛亮当年督赋临蒸(今衡阳),"常泊舟陪宿于兹",后人为了纪念这位相公,取了"相公堡"的地名,还在三华里外的耒水边修筑了相公塔。

渡船缓缓过河，生怕惊动默默北去的耒水。我看见童年的洛夫在河里游泳、摸鱼，看见载着少年洛夫一家去衡阳城的那艘船刚刚启程……

从相公祠回途的渡船上，本土作家告诉我，这条耒水，连唐代"诗圣"杜甫也途经过。我兴奋起来，说："原来耒水有这么多的传说！"他说："是啊，杜甫就死在耒水上。数天没得食物的杜甫，饱食一顿耒阳县令赠送的牛肉美酒后，撑死在耒水上……"

我笑着听，出神地回望水上的小洲，眼见着数尾鱼相继潜过。上游的耒阳真有杜甫的灵魂？我决心查一查1000多年前的那一页唐史。

"聂耒阳以仆阻水，书致酒肉，疗饥荒江，诗得代怀，兴尽本韵。至县呈聂令。陆路去方田驿四十里，舟行一日，时属江涨，泊于方田。"这是杜甫本人写的。《旧唐书》载：杜甫"啖牛肉白酒，一夕而卒于耒阳"。《新唐书》书："令尝馈牛炙白酒，大醉，一夕卒。"看来，杜甫接受耒阳聂县令的牛肉美酒馈赠属实，死因却众说纷纭。有人又说，杜甫当年确实得了聂令馈赠，但原路返回潭州（今长沙），再去岳州（今岳阳）的途中，不幸病逝在汨罗江上……

耒水与汨罗江上，杜甫的传说飘荡了千年，版本截然不同，史学家辨不出真伪。没人能真正复原出耒水上发生的杜甫故事，历史的真相有时只能藏匿在远去的风中，或者，早跟着从不回头的河流入了江海。

载过杜甫一家的那叶小舟，早被风雨岁月碎成历史烟尘。全国八座杜甫墓，哪一座埋着杜甫的真身，也无从考证。唯独他沿着耒水播下的诗歌种子，在水里，在岸边，生根发芽，如燎原的星火。

四

当年的杨泗庙原址就在乡政府大院，旧貌荡然无存，仅剩一块刻着"杨泗庙"仨字的石碑，也已经嵌入院内的水泥地坪。据说洛夫初次回乡对着石碑沉默半晌,如今我也对着石碑默然无语。洛夫应该是被物是人非的现实所触痛,杨泗庙毕竟是他上过三年私塾的旧地;我的瞬间哑然,则是叹息历史文物并非都能妥善存世。

杜甫对洛夫是有过深刻影响的。洛夫在《车上读杜甫》中写道:"被风吹起的一条绸巾而恻恻无言/而今骤闻捷讯想必你也有了归意/我能搭你的便船还乡吗?"他还说,四十岁前喜欢"杜甫的宇宙性的孤独感",晚年开始爱上王维。他解构过杜甫的《登高》:"他将满身的落叶拂入江水/让倒影书写他一生的荒寒。"在《杜甫草堂》中,也跟"诗圣"倾诉:"我来是客/是风/是印在你足迹中的足迹。"

台湾地区出版的《中国当代十大诗人选集》评价洛夫的诗:"从明朗到艰涩,又从艰涩返回明朗,洛夫在自我否定与肯定的追求中,表现出惊人的韧性……"

总有人拿洛夫与余光中比来比去,说谁比谁写得好。我却以为,诗人风格各异,适口即为珍。在我心里,两位诗人都不可替代,又交相辉映。

每个漂泊在外的游子都有乡愁。乡愁可能是回望中的那条河、那座祖屋,也可能是不便与人说的秘密或者隐疾。在洛夫的眼里,"乡愁是一种病,是一种医不好的病"。他和余光中皆为诗人,只能把乡愁化成诗。著名的乡愁诗,自然成了尘世间共同的乡愁。

我在衡阳石鼓书院的望江阁楼上,亲眼望见耒水的归宿。一路北上的湘江,纳河纳溪,浩荡而至,在我的眼皮底下先纳了西岸的蒸水,汇成更大的湘江;再往北,在肉眼可及的东北岸,那条诗意的河打东南而来。它或者携着无数条会吟诗的鱼,打东江来,打耒阳来,打相公堡而来,入江,入湖,再入海。

海桐花开七里香

楼栋单元门两侧的橘树花满枝丫。早些时候每天走过门洞，郁香扑鼻而来。起先是纯粹的橘花香，渐渐又掺杂了别的清香。我这才留心到，橘树旁比它矮的灌木也开花了。倒卵形绿叶聚生于枝顶，围成七八片，像记忆里的杨梅树叶。五六朵细白的五瓣花簇生在正中央，极易被忽略。凑近一闻，我找到了答案：原来空气里弥漫的复杂花香，源自它。而它又是谁？

大概是心有灵犀，发小白莲那夜突然发了朋友圈，配图且配文："让我和小许困惑了两年的香气来源，我在烈士公园的夜游中找到了答案。"我评论：原来是海桐啊，小区里到处都是！她又秒回：才知道这是七里香。

瞬间，《七里香》被我重拾，我想那一刻重拾《七里香》的一定还有白莲。最初安放我们少年轻愁的《七里香》是诗人席慕蓉同名诗集里的第一首："溪水急着要流向海洋/浪潮却渴望重回土地/在绿树白花的篱前/曾那样轻易地挥手道别/而沧桑的二十年后/我们的魂魄却夜夜归来/微风拂过时/便化作满园的郁香。"

多少年来，更多的人把《七里香》读成爱情诗。年少时我也以为，在篱前轻轻挥别的是初恋。这些天反复重温，才蓦然发觉，席慕蓉当年在篱前轻别的，恐怕是她的故乡。而海桐花谨小慎微的模样也让我心生疑惑：此"七里香"是否为彼"七里香"？百度了一夜，又搜来席慕蓉的简笔画，大致确定，她的"七里香"并非海桐，是花叶都更飘逸的芸香科的月橘。

月橘从暮春开至初秋，在"绿树白花的篱前"轻别的，不一定只有初恋。二十年后魂魄归乡，记忆中满园的郁香，不正是解不开的乡愁吗？身为蒙古族的席慕蓉，年少时离开大陆，开金莲花、长飞燕草的草原便是她一辈子的念想。

被席慕蓉如月光般的诗句轻抚过的，不止我们那代少年；心中永藏"绿树白花"的，又何止我与白莲？也许我俩都不曾见过月橘，认得的灌木碎白小花，无非是茉莉、荼蘼这些，而听说叫七里香的，不仅有海桐，还有月橘、木香等等，皆一簇簇开，皆素面冰心，皆花香馥郁。林清玄早就看透："人也一样，愈朴素单纯的人，愈有内在的芳香。"我心想，文字又何尝不是一样？

海桐便是不起眼的木本"小白"，少见用来做篱墙，却是近年大热的绿化树。在每条绿化带中，海桐几乎都被修剪成半球状，供人四季观叶，春夏赏花，秋天赏果。它还是净化二氧化硫这类有害气体的一把好手。若是好些天不下雨，它会"灰头土脸"，但凡有一场雨来，它便迅速恢复原本"绿树白花"的姿态。

今年最早的春消息，在083县道上探访到。农户家的青砖碧瓦，池塘边的白李红桃，几畦菜花黄，都让人心生欢喜。后来去桐溪寺山后踏青，池塘边一枝三朵的金樱子花格外抢镜，我还摘下了崖边的几簇映山红。还来不及伤感紫玉兰的惊鸿一瞥，晚樱已粉嘟嘟地开了。我转而频繁探访樱花林，从初绽，至满枝满丫，至叶满花尽，算是见证了晚樱的整场花事。这边晚樱刚谢幕，那边"石榴半吐红巾蹙"，而满园的橘花、海桐以及女贞，都活泼泼、细碎碎地登场了。红的白的紫的杜鹃，蓝紫蝴蝶般的花菖蒲，以及鲜红的月季，都争当起晚春的宠儿来……

傍晚的草地和人行道上，不时有与我们一样闲庭信步的鸟儿。外号"张飞鸟"的白鹡鸰，旁若无人地时而疾走，时而信步，时而停下来抓抓虫子。总有几只野猫，在繁复的花香中，趁夜色分头潜入我每天放猫粮的门洞旁侧。一旦听到脚步声，它们便躲进灌木丛。有时因还没吃到几口猫粮，不舍得走，就在灌木丛里蹲着，与我对峙。估摸着也认得我了，又溜回猫粮边继续"吧嗒吧嗒"地嚼着，直至吃饱，转身窜进夜色里。

动植物的使命，无非是安稳地度过它们的一生。和人类一样，它们无从选择生，但也尽可能让有限的生命倾情绽放。它们不用也不必像人类一样关注世界的风云变幻，也无暇感知人间的悲欢离合，但它们跟人类同着呼吸、共着命运。我与动植物相依相伴，也靠着读书、写字、烹茶来治愈焦虑与不安。

初夏的影子，在晚春中若隐若现，使得那年偶遇的荼蘼再次涌上心头。只是我不明白，宋代的王淇为何要写"开到荼蘼花事了"？明明草原上的金莲花遍地黄时，厦门的凤凰花大抵刚红，更别说夏秋冬还有别的花……当然，春花最盛。荼蘼开过，最多算春天的花事将尽。

在飞逝的时光中，读诗的女孩年过半百，写诗的席慕蓉年近八旬。不知在老诗人的屋前，可还有一堵"绿树白花"的篱墙？当年在篱前轻别的少年，都已随时光老去。只有真情，只有乡愁，依旧是永恒的陈酿，也是永远的"七里香"。

日照山海书

日照初光

多年前我在南京晋督培训，曾北上威海，途经日照，那时我便记住了它诗意的名字。"日出初光先照"，每天接受日出初光的人们是多么幸运啊！可大巴一路向北，不曾在日照停留片刻，我无从隔着玻璃窗凭海临风，无从领略它的初光，只闻到空气里海的气息。

我曾经在一篇散文里写过："小时候爱海，爱的是海的辽阔、蔚蓝、神秘。后来，我逐渐迷恋上传说中的海蓝。"

看海，是内地人心底永不磨灭的热望。而当北方的海没有呈现我心中海的颜色时，我对海的所有幻想，在不经意间碎落一地。直至去了鼓浪屿和北海，再坐"盛世公主号"邮轮经深海去了趟日本长崎，我才像找回了心中的海。但我对北方的海，依旧心存偏见。

命运，却拽着我奔往北方。

在烟台海景房的落地窗前看日出日落，在滨海路上看车来车往，在蓬莱阁前极目远眺，在养马岛上看惊涛拍岸……被无数光影几度晕染的北方的海，在我心里日趋明媚。

我总算肯面对真相，就像人到中年终于明白世间种种——所谓的海蓝、绿水和湖蓝，都不过拜托于一双双光影魔术手，而海水颜色层次的变化，有光影作祟，更有泥沙海洋生物的功劳。

那年夏日，我自大明湖畔坐夜行火车悄抵日照。在日照的每个清晨、日暮甚至夜里，我都在海边逗留，临了风，戏了水，领略了初光，仿佛那样才能深深地记住海。

再回日照，抵达的是崭新的高铁站。接站的日照文友告知，老火车站正在改造。失去了老火车站那个昔日坐标，我瞬间明白，这趟来，注定不是重游，而是全新的开始。

车终于在一个停车场停下来。文友帮我推着行李，带我步行拐进伴海客栈。他说："这次我们住在东夷小镇，客栈背后有几座拱形木桥，桥对面是一片花海，不远处就能看到海。"

不远处有多远？我登时忘了疲惫。

放下行李我就一路往东。我闻到了海的气息，却始终找不见海，不得不逮住路人问："请问海在哪？"

被问的想必也是游客，与我一般懵懂。

仰仗高德地图的我，被林志玲嗲嗲的声音指挥得云里雾里，看地图我已经在海边，却怎么也找不到入海口。悻悻掉头间，好不容易碰到一个本地人，忙问："哪里能见到海？"他指着马路对面道："那边就是呀！"

我狂奔过去。

小镇的客栈与商铺，听说是十年前董家滩村村民腾出来的家园。传统小渔村完美蜕变成东夷小镇，得感谢政府"拆一片旧村，带一片产业，富一方百姓"的思路。

东夷文化和海洋文化在小镇里呈现，南来北往的游客在小镇里穿梭，烤海鲜的香味在巷子里流窜，新朋旧友饭后一同徜徉在夜色的花海里、小河边。

凌晨四点五十分，自然醒转的我冲出客栈，折进通往木拱桥的小巷，月季冲我打着招呼，我都来不及回应。我冲上木桥，看清了桥的名字——福星桥。天已亮，我盯着东方，生怕错过那道日出先照的初光，而彼时遥远的我的家乡湖南，还在黎明前的黑暗中。隔着几千里的云和月，我独守在潮湿的海风中，听着啁啾的鸟语，想家乡，也等一场注定等不到的日出。

次日清晨再至海边，海正在退潮。漫过我脚踝的海水，轻轻涌来，慢慢退去……我退了几步，屏息听着海，海浪还在一层层地袭来又退去，来的时候总卷起一朵朵浪花。远处云层里突然渗出一道初光，闪电般击中我的心房。

定林寺的风中传奇

那座古刹，藏在一座叫浮来的山中。山算不得高山，海拔不到三百米；古刹名曰"定林"，据说与一棵古树、一个古人有关。慕名去探访的时候，我和寺庙隔着高高的石阶，满院的绿正蓬蓬勃勃地蹿出寺庙的青瓦红墙。

我一步一步地登上石阶，只为抵达那棵千古树，遇见那个千古人。

寺门正中挂着"定林寺"的匾额，两侧悬挂"法汰东来传禅定，慧地北归校心经"的楹联，山门右侧挂着铜色的"刘勰故居"牌子。一时间，我有些激动，又有些恍惚。

一股神秘的气息，在我踏入寺门的刹那劈面袭来，我被眼前的景象震撼到了：无数倒挂着的小绿扇，密匝匝地铺满庭院上空，阳光见缝插针地投下来。虬干上大大小小的树瘿，与粗老树干上斜出的一簇簇新叶，形成鲜明对比。我猛然想起《左传·隐公八年》里那句："九月辛卯，公及莒人盟于浮来。"仿若看到了公元前715年的农历九月二十五，银杏树比现在年轻，"黄蝶"飞舞，落地成毯，莒子与鲁公正庄严会盟……

我定了定神，莒子与鲁公们早已翩然远去，眼前只剩婆娑的绿。我拾起一片微黄的落叶，转到中院和后院。水缸里的睡莲、校经楼前的国槐、院墙上恣意的凌霄，皆是一派天真烂漫。

古树和古刹的真实年龄，只有浮来山知道。绿叶是新生的，与睡莲、凌霄一样懵懂。时光拽着人们在世间穿梭，打造一场又一场大梦，即便"物是"，早已"人非"，真相早被飞驰而过的时光裹挟着留在了历史深处。

我只能翻开《梁书》与《南史》，想从语焉不详的《刘勰传》里与刘勰相遇。

刘勰从短短数百字里徐徐走来，我们相逢在时光隧道里。

我望见了兵荒马乱的南北朝，看到了着大袖宽衫、仙风道骨的刘勰，听到了他的镇江口音。

我试图与他对话。

"您祖籍是山东莒县吗？"

"是的，六世祖刘抚那一代从山东莒县南迁到京口的。"

"往上追溯，依次是您父亲刘尚、祖父刘灵真、曾祖刘仲道、高祖刘爽、太祖刘抚，还有，您父亲刘尚是南朝宋越骑校尉，南朝宋司空刘秀之是您祖父的兄弟，东晋名臣、为刘裕打江山立下汗马功劳的刘穆之是你曾祖的兄弟，你们是城阳王刘章的后代……"

"是的，当年我的祖籍山东莒县属于城阳郡，先祖刘章是城阳王，是刘肥的儿子，刘肥你应该知道的，是刘邦的儿子。所以，我们是莒县彭城刘氏。"

"冒昧地问，您晚年真的归隐祖籍，建了定林寺吗？"

我却没等到他的回答。

《刘勰传》没有清晰的时间脉络，关于刘勰的生卒和年谱，都没有准确的记载。当年的京口是今天的江苏镇江，南朝宋的侨置南徐州治所。这些古地名，关乎时代背景，关乎政治，关乎乡愁，也佐证了刘勰祖孙三代属于南朝。

而那时的山东莒县，已是北魏的地盘。

浮来山的前世有三叶虫化石解码，老银杏的年龄有"莒鲁会盟"见证，而莒县定林寺的年龄之谜，得从南京定林寺说起。

"南朝四百八十寺，多少楼台烟雨中。"有史可查的南朝寺庙，可不止杜牧笔下的四百八十座！南朝梁寺庙最多的时候，有两千八百四十六座，光南京就有七百多座，包括定林寺在内的七十多座则散落在钟山，这是清代刘世珩《南朝寺考·序》里明明白白记载的。

钟山定林寺分上寺与下寺。下寺择址钟山南麓宝公塔西北，始建于423年，王安石晚年读书的"昭文斋"在下寺；刘勰写《文心雕龙》的上寺"禅房殿宇，郁尔层构"，在应潮井后，始建于南朝刘宋元嘉十六年（439年）。隔着六百多年的迢迢岁月，两位文学巨匠在时空上没有交集。但王安石定然寻访过上定林寺遗址，或者，也在哪阵风中，嗅到过刘勰留在钟山的气息呢！陆游的祖父陆佃是王安石的学生，曾写过"平日就师十年，不如从安石一日"。1165年农历七月，陆游途经南京，专程拜谒下定林寺和王安石的半山园旧址，在下定林寺壁上留字："乾道乙酉七月四日，笠泽陆务观冒大雨独游定林。"五年后，陆游重返故地，发现字已被移刻到岩石上，遂成其拜谒下定林寺的印记。

刘勰的曾祖刘仲道当过余姚令，他英年早逝，撇下刘秀之、刘粹之、刘灵真等五个未成年儿子，幸得刘穆之将他们照顾成人。除刘灵真外，其余四子均步入仕途。童年时的刘勰家境殷实，两三岁学字，五六岁诵读诗赋，七八岁自学经书，九岁那年其父刘尚战死疆场，二十不到其母病逝。为母亲守满三年孝，满怀憧憬的刘勰前往建康（今南京）。

可建康并没敞开怀抱接纳刘勰。他不得已进了上定林寺，投奔住持僧祐。

僧祐，即史上著名的戒德高严的"僧祐律师"，十四岁时拜在上定林寺法达门下，又受业于律学名匠法颖，随侍钻研二十余载。南齐永明年间，僧祐经常被竟陵郡王萧子良邀请开讲律学。他还奉齐武帝萧赜的诏令，前往湖州、苏州和绍兴等地试简僧众，开讲《十诵律》，所获布施"悉以治定林，建扩及修缮诸寺"，并"造立经藏，搜校卷轴"，因此刘勰投奔上定林寺，也就不难理解了。当时，上定林寺是南朝佛教中心，是名僧显侣、王公贵族、儒林大师常聚之地。

再说到浮来山的定林寺。若定林寺真的始建于南北朝，不见得是天方夜谭，因为北魏也盛行佛教。然而，即便早有寺庙，是否与法汰有关，却未曾发现有史书记载。由此，刘勰晚年潜回"敌国"祖籍归隐，大概率是乡人美好的愿景。

"废于唐"的上定林寺，早已湮灭在历史烟云中。近年南京考古发现了两处南朝寺庙遗址：一号遗址是下定林寺，有1975年发现的陆游摩崖石刻；二号遗址被认定为上定林寺。

1998年夏，南京紫霞湖以西数百米处的密林深处，一场暴雨引发了一场山洪。山洪过后，数块莲花纹方砖及一些莲花纹瓦当露出地表。

自1999年起，考古队对此进行了四次大规模、长达七年的考古探掘。

石构挡土墙、房址、排水沟、水井、水塘、围墙、台阶等遗迹一一浮现，瓦当、板瓦、筒瓦、砖、素净简陋的瓷器皿、钱币和残佛像相继出土……

那些罐、那些碾、那些钵、那些碗，可曾有刘勰用过的？那些灯盏与砚台，可曾是刘勰抄经时所用之器物？

若有一天再去南京，我一定要去拜访上定林寺遗址，我会问问那里的山、那里的树、那里的风，那里残留的石阶、大殿祭台和饭钵，可记得南朝的刘勰。

红豆的语言

我平生收到的第一颗红豆,来自簕山古渔村。

按村里的大姓李氏族谱的记载,位于北部湾企沙半岛上的这个古渔村,最早的原住民,可追溯到明朝正统年间。中原李氏陇西堂的一支辗转迁徙至北部湾畔,成了靠海吃海的渔民。一个叫李常熙的人常出海打鱼,总经过这座蟹状半岛。一次他上岛小憩,发现岛上密林蔽日,十分宜居,遂携妻带子定居此地,一晃,五六百年过去了。

如今的古渔村,斑驳的古屋依旧被村中小巷环绕,海滩上礁石依然矗立,不远处的邀月台上,躺卧着"举杯邀明月"的唐代大诗人李白雕像——古渔村的李氏族人自称是青莲居士的后人,但青莲居士李白只有两个儿子,史载,他唯一的孙子年少离家,有无后人无从考证。安徽来安县水口镇的李氏族谱上记载,他们的先人是李白的孙子,他云游到水口镇繁衍生息。至于簕山古渔村这一支李氏是否来自安徽,族谱并无详细记载,只记录着始祖李常熙来自中原李氏陇西堂。天下李姓是一家,以青莲居士为祖,大概是不少李氏族人的美好愿望,这又何尝不是诗意的表达?

阳光从千年银叶榕和车辕树顶密密匝匝地渗落,热烈地追赶着我们,而密林东南的碧海里,一片红树林也紧挨着海岸,与密林窃窃私语。

走到密林边缘，同行的宾老师突然喊了一声："快来捡红豆！"

我猛然想起，广西也是红豆的故乡，我当年还在南宁市文学杂志《红豆》上发过一篇散文呢。

一棵海红豆树赫然出现在眼前，仿佛前缘注定，我暗自一惊。仔细看树上的挂牌，这棵树在世上生长已八九十年，算得上是准古树了。

我随即哼唱出"红豆生南国，是很遥远的事情"，喜欢毛阿敏这首《相思》，主要是喜欢那句"最肯忘却古人诗，最不屑一顾是相思"。歌里的"古人诗"，便是唐朝诗人王维赠给流落江南的挚友李龟年的五言绝句《相思》。

我所熟悉的红豆，在去簕山古渔村之前，一直只是纸上的红豆、歌里的红豆。

广西人宾老师自然认得红豆树。他笑道："捡到红豆代表收获幸福，看谁有运气捡到吧。"

没有不想幸福的——女士们纷纷蹲下，在树下细细找。可周围一颗红豆都没了！

宾老师又说道："红豆的果期是七至十月，那个时期游客多，怕是早被捡光了。下一站京族三岛，还会遇到红豆树的！"

穿过古渔村的广场，我在一对正织补渔网的阿公阿婆跟前驻足良久，冲淡了没捡到红豆的沮丧。眼见着又到海边，一位本地老师从后面追上来，高声喊道："哈哈，谁要红豆？我刚在另一棵树下捡到几颗！"我的喜悦犹如不远处澎湃的海水，我像个孩子似的，从陌生老师的手心里捡了一颗红豆，却没顾上看清楚他的脸。

红豆对于普通人来说，代表相思，代表团圆，代表吉祥与幸福；而对于写作者来说，它不用开口，就已饱含深情。

手心的红豆，像一颗鲜红的小心脏，它在打量我，跟我说："嗨，你拥有了我，可懂我的心？"

我心慌意乱地把它藏进钱包夹层,朝海边奔去,大巴车在海边等候着载我们去京族三岛的氵万尾。我向往着氵万尾,因为宾老师说,那里也有好多红豆树,我依然渴望亲手捡到红豆。

在京族博物馆,穿着奥黛的讲解员阮媛媛正在介绍京族历史文化。她温润如玉的美,让我怀疑她是演员,我问:"你是正宗的京族吗?"

她莞尔一笑,说:"我祖祖辈辈都是京族。"

氵万尾的乡约载明:"先祖父洪顺三年从涂山漂流到此,立居乡邑。"洪顺是越南16世纪封建王朝的年号,当时的中国,正值明朝武宗正德六年(1511年)。越南东北部涂山等地的部分越族渔民,陆续迁往广西东兴市江平镇的巫头岛和附近的寨头村,后又扩展至氵万尾、山心、潭吉等地,逐渐演变成中国唯一的海洋少数民族——京族。

离开博物馆之前,阮媛媛微笑道:"我用独弦琴为大家弹一曲《过桥风吹》吧。"

这是一首越南民歌,我听电视里的雷佳唱过:"风轻轻吹过桥头/吹动什么/衣裳云来纺/桂花落池塘……"旋律深情舒缓,跟与栀子花般娇嫩的阮媛媛相得益彰,我仿佛看到古老的红豆树下,一位帅气的男孩手捧几颗红豆正走向阮媛媛,像捧出他虔诚的心。

氵万尾哈亭,宾老师又在喊:"快来!这里有一棵红豆树!"他始终记着红豆,也或者,是希望我们这些外乡人能捡到幸福吧。

我一溜烟跑过去。

古老的海红豆树树苑处,立着一块牌子,上书"南国相思树",牌子上刻着王维的《相思》,还写着一句煽情的话:愿满树红豆留下您对氵万尾岛的永久相思。

蹲下,慢寻,我终于在有两百多年树龄的古树下捡到红豆了!

坐在离开氵万尾的大巴上,我不禁哼起歌唱家哈辉的《相思》,歌词是王维的诗,曲肯定不是李龟年当年哼的曲。哈辉与丈夫杨柳合唱的

《相思》，唱的是爱情，是忠贞；而王维的《相思》，写的是友情，是抚慰。

安史之乱的浩劫，令大唐的盛景支离破碎，唐玄宗逃亡到四川，皇室的座上客、音乐家李龟年流落至潭州（今长沙）一带——逃亡也是需要本钱的，更多的老百姓只能坐等安禄山的蹂躏。来不及逃离的王维被安禄山俘虏，被迫接受伪职，幸好一年后安禄山被自己儿子所杀，唐肃宗收复长安，王维才重新被责授太子中允，后官至尚书右丞。他的《相思》写于何时，何时被李龟年谱曲传唱，都无史可考。761年，王维去世，安史之乱尚未结束，李龟年依旧流落江南，《相思》仍在潭州传唱。770年暮春，杜甫途经潭州，与旧识李龟年重逢，也写出千古绝句《江南逢李龟年》："岐王宅里寻常见，崔九堂前几度闻。正是江南好风景，落花时节又逢君。"

那场相逢，杜甫倾听了李龟年婉转凄恻的《相思》——李龟年的相思，既是对故去好友王维的相思，更是对回不去的长安的相思。杜甫与李龟年重逢没多久，就在漂泊的水路上离世，他们都回不到大唐盛世了！那个季节，南国的红豆树，早已新发几枝，花开花落，红豆还没入荚，李龟年也不一定遇得见；而在更南的南国，海红豆的花，甚至还没开，更是遥不可及。

秋来，总有人能捡一颗红豆入怀。但李龟年的红豆，在王维的诗里，在他自己的曲里，更在他的心里。千年之后，毛阿敏深爱的夫君突然离世，她若再唱《相思》，会痛彻心扉吧？移居海外的哈辉夫妇，若再唱《相思》，是唱给遥远的祖国与亲人吗？

唐朝时期的广西北部湾，箐山尚是荒岛，潿尾也没有哈亭，阮嫒嫒的先祖还定居在更南的涂山。我此番见过的两棵海红豆树都是小乔木，一棵是乾隆年间的，一棵属民国时期的，是谁植的？为谁植的？

而南朝梁太子萧统在江阴顾山植下的两棵红豆，是高大乔木，王维肯定听闻过,得知李龟年流落潭州,王维以为潭州也生红豆,还写诗安慰挚友:"愿君多采撷,此物最相思。"

贞观元年(627年)大旱,顾山红豆树开满花结满果,但王维那会儿还没有出生。他更不会知道,到了元代,两棵红豆树几近枯槁,直至清乾隆初年才重新萌芽抽枝。早已活成连理枝的红豆树,枝繁叶茂却并非年年开花结果——据说,但凡开花结果,不是大旱就是大涝。想捡红豆的,还是秋天去岭南吧,就像我在深秋的南海边,幸运地捡到几颗红豆,从此红豆于我,不再是纸上的红豆、诗里的红豆、歌里的红豆,"南国秋深可奈何,手持红豆几摩挲"——鲜红的豆,永不褪色,象征着坚贞不渝的爱,这种爱,可能是爱情,可能是友情,也可能是亲情。

我想,一颗原本普通的豆子,因一首诗而寄托了人世间的情愫,成为符号象征,平添浪漫气息的古典意象,且引发大众千百年的认同感,不能不说,这真是语言的奇迹。

鲁院的花事

一

我和海燕是在2016年3月14日傍晚,自中国现代文学馆的南门闯进那场花事的。

我熟门熟路地自南门左拐,沿林荫小道往前走。远远地看到两个男生,走近一看,是大庆诗人立光与上海诗人俊国——之前建立了微信群,知道他们的名字和模样。立光接住我的行李,俊国接住海燕的。踏上台阶的刹那,我瞥见大门两侧的两排高大乔木,无叶,有初开的白花,花香袭人。而我曾入鲁院短训半月,记忆里只有冰封的池塘、孤寂的塑像和光秃秃的树。

冬季的落叶乔木总让人猜不着名字。春天来了,玉兰终于亮明身份,掐准日子似的迎接着我们这一拨学员。

南方也有玉兰,常见的是广玉兰,是一种常绿乔木。似荷的白花藏在又大又厚的叶片里,饱满却含蓄,易令人想起那些叫玉兰的女子。还有一种被唤作"深山含笑"的光叶白兰,花与叶共生,我最近才认得。

不得不承认,我的目光一开始就被鲁院的玉兰拽住了。

玉兰花乍开时白里带几丝浅紫,海南同学开贤说,这应该是白玉兰,紫玉兰叫辛夷。多年前女文友写文将我喻作紫玉兰,后来在杨村一苗圃遇到此树，树及人高，满枝丫的红紫，花冠呈杯状，当时我心里还隐隐不爽，怎么被形容成这种花呢。

才两天，鲁院门口的玉兰就完全盛开了，花朵透亮洁白，晶莹如雪。天空仿佛专为白玉兰当背景，蓝得没有一丝杂质。玉兰或若少妇，或似少女，在"北京蓝"的映衬下显得风姿绰约、落落大方。行道树里还有淡紫色的二乔玉兰，据说是白玉兰与紫玉兰的"爱情产物"，在B座的一侧矜持绽放。

玉兰在院子里展开一轮花事时，梅园里满树的花苞才蠢蠢欲动。

每天下午五点多就有同学绕着飘香的院子散步，有时一群，有时几个。部队小说家西元常独自疾走，我和海燕、夏雨几次立在梅园唤他，他只是憨厚地笑笑，并不停下来跟人闲话。我三天打鱼，两天晒网地散步，多半时间泡在天津小二的屋子里喝茶。半月后，玉兰渐残，嫩叶初长，偶有晚熟的花与新叶并肩。我每天拿着单反相机对着玉兰狂拍，好像要抓住什么。同学们忙着相互熟悉，同时沉浸在盛大的玉兰花事里无法抽离。

与此同时，梅，千姿百态的梅，登场了。

一日自南门外出，看到转弯处落了一地浅紫的泡桐花。抬头望去，也留心到铁栅栏里的紫玉兰——低调，灵动，跟我当年在苗圃见到的全然两样。迟开的紫玉兰，倒是稍稍抚平了我终将失去白玉兰的惆怅。

那时，我们还没有空想到离别。

二

据传为汉代刘歆所著的《西京杂记》卷一载，"初修上林苑，群臣远方各献名果异树……"其中有七种梅树，分别是朱梅、紫叶梅、紫华梅、同心梅、丽枝梅、燕梅、猴梅。证实汉初即有赏梅习俗。但湖南不认得梅的大有人在，我曾在公园梅林几次听人惊呼："哇，桃花开得这么早！"

曾几何时，梅于我，也只是文字里见过，画里赏过。踏雪寻梅，何尝不是南方人从字面引发的联想。

始遇蜡梅，是2016年元旦的惊鸿一瞥，而非日后与鲁院之梅的日日相见。金黄的蜡梅，属蜡梅科，如蜡般晶莹剔透。而蔷薇科的梅，唯有暗香，是另一种清奇。鲁院的梅，是蔷薇科的梅。我没留意是哪一棵梅树率先开的花，只记得入校十天左右花就开了。同学们开始三五成群地流连于梅园，友谊在暗香中滋生，被白玉兰灼伤的或轻或重的疤，一时间都忘了去管。

每一株梅都有不同的身世。我记不得花名，只有满目的粉、红、白，满目的单瓣、重瓣与复瓣，这是家乡梅林不可比拟的。

抵京近一个月才迎来第一场敷衍了事的雨，地面都来不及打湿。而鲁院，每一朵花都盈盈地开着。

梅园的花事二十天不到。自从梅花落尽，我就很少进梅园了。丰盈之后必然凋零，这是每朵花、每个人都逃脱不了的宿命。梅花最盛时，沙姐、朝颜、素红等一帮同学在夏雨的导演下拍了不少极富画面感和喜感的合影，最敬业的摄影师当属来自陕北的随穗。张张笑靥被定格，翻开照片，就会想起花与人来。

与梅花几近同时退场的还有紫玉兰和梨花。粉海棠强撑着不肯撤离；丁香在池塘对面密密地书写着白与紫的故事，有风的午后，微风将细碎的丁香赶进水沟，草地上尽是声声叹息；池塘边花缸里的莲正努力睁开眼，立光与长征怕渴了它们，偷偷装了水来浇灌。我心想：院子里的花都养得这么好，难道园丁会单单冷落了它们？

暮春，海棠与丁香相继谢幕，还剩小径旁的蓝鸢尾、梅园的蒲公英、沈从文塑像旁的芍药、冰心老人身边的红月季，以及边开边落的桐花。

吃了好些天桑葚，我才想起跟同学去采摘。在茂密高大的桑葚树下，望着在树上摘果子的同学，我好似回到了童年。不，童年时我压根没摘过桑葚呀。

有人将青梅带进教室，说是从梅园摘的。我终于重新走入梅园，探望缀满枝头的青梅。有人开始倒计时，计算归期。我笑他们矫情，自顾自关注着未竟的花事。

准确地说，我是在5月27日发现第一朵睡莲的，白色的，怯怯的。

不知莲是何日入了池塘，也不知池塘里何时有了锦鲤。池里有了莲和鱼后，同学们开始三三两两地在池边闲坐或唱歌。最爱唱歌的是儿童文学作家波波，他兼具忧郁气质与孩子气，与来自广东的威廉被封为鲁29班的两大王子。山东杨袭爱的《越人歌》与她的气质吻合，也引起我与海媖姐的共鸣。而随穗教会好多人唱的《拉手手亲口口》，不知莲与锦鲤听会了没有。

池塘与梅园间的垂柳只在柳絮飘飞时节被注意了几回。一条神气活现的锦鲤被指认为能歌善舞的邱院长，花枝招展的那尾是夏雨……大家常在池边喊着这些名字，锦鲤仿佛知道是喊它们，常常探出头来报到。神出鬼没的明星猫"玳瑁"，时而在花间乱窜，时而与我们的镜头对峙。人们常说猫是无情物，可结业前有一回我见它蜷在班主任俊平的脚下，俊平望着池塘发呆，它望着走进走出的我们发呆。

从贵州社会实践回来，最耀眼的花事几乎全归属莲了。池塘里除了我最爱的睡莲，还有碗莲。碗莲纤弱袅娜，远不如荷塘或荷田里的莲霸气，却自有其清婉。

我住401，朝南的窗斜对着莲池，正对着梅园，各种花与人日日夜夜都在我眼皮底下热闹、开心或忧伤着：美人梅杨袭，白玉兰小词，紫玉兰翟妍，黄玫瑰丹莉……

跨越春夏两季，花儿们你走我来，授课老师来来去去。我爱一个人坐在窗前，煮一壶黑茶，等着此起彼伏的花事上演。偶尔也夜立池边，不顾乍起的凉风，与睡莲说上几句体己话。当然，一些点拨，一些教诲，一些友谊，都融进了繁复的花事。

结业典礼后，有些同学不辞而别，他们不敢当面告别。我多留了一天，临别夜还与一帮没走的同学在大厅一角喝茶。大楼里空空荡荡，没了往日的人声鼎沸。夏雨和辉艳进来，我看到夏雨哭肿的眼。我唤他喝茶，他上了楼却始终都没下来。半年之后他告诉我那晚他是去机场送别俊国，一个大男人，一个爱说爱笑的大男人竟然忍不住痛哭流涕。

我没有去送谁，也没谁说送我，我想，不就是分别吗？还没有哪一场告别，会让我哭到不能自已。但我一夜无眠，将房间清扫得干干净净，把电脑里自己的资料、图片一一删除。

天刚蒙蒙亮，我悄悄下楼。睡莲没醒，连锦鲤都没醒，只有碗莲醒着，朝开暮合的木槿不知是何时醒的，我与它道了别。离愁就在那一刻喷薄而出，我继续与院子里的文学前辈的塑像一一道别，与玉兰树上的青果道别，与已经挂白果的银杏道别，它们不会说话，不会看出我眼里的不舍。

当我携着大包小包坐电梯，一楼电梯门开的刹那，我看到俊平那张白净而年轻的脸。他立在电梯口，不声不响地接过我的行李箱。

我的泪水再一次在眼眶内打转，我任由他帮忙推着沉重的行李箱，拎着重物，送我往东门走去。经过池塘时，碗莲目送着我，像极姹紫嫣红的鲁29班女生。我最后望了一眼尚在酣梦中的睡莲，走出了东门。

很多人回顾鲁院生活，都是写学到了什么，交往到了什么人。而四个月的鲁院生活，在我看来，是繁华一梦，是接二连三的花事。在与植物的交流中我感受到太多的不能言喻，远比我在与人的交往中来得轻松与自然。

新的花事将在鲁院重现，树是旧树，花非旧花，人非故人。四季花事皆为大自然匠心打造的心灵花园，玉兰教会我们感恩，梅花要我们坚韧，莲让我们纤尘不染，丁香令我们相信真情……就连花树上结的果，也是对我们的一种鼓励。

自天南海北奔赴同一个理想的我们，曾聚首于那座花园，却终究散落天涯。而总有些种子，会破土发芽，开最美的花，结最好的果。

华丽的大花苗

蜻蜓点水似的掠过黔东南的千户苗寨后，山西摄影师老李说，下一站去黔中西部的地级市安顺，到时会有一帮当地的摄影师朋友带我们去探访一个原生态的苗寨。

安顺有著名的黄果树大瀑布。可行程太紧，我们只能"过黄果树瀑布而不入"，目标直指大花苗寨。那个早秋的上午，老天爷始终不肯露出湛蓝的脸。我们在安顺与当地朋友会合，坐了很久的车，路遇一起惨不忍睹的车祸，再东拐西弯，终于到了目的地。泥泞的小道、清一色的土坯房出现在眼前。我当时心里咯噔了一下：这就是原生态的大花苗寨？

村级土路两旁是葱郁的常绿乔木，我起初不知这个村寨叫什么，回家后才弄清楚，那里是地处黔西南的紫云苗族布依族自治县，一个我没记住名字的苗寨。

安顺朋友早已告知寨里管事的人会有远客来。待我们下车，一根红绸子横亘在土路上，拦住了进寨子的路。苗族同胞列队村路两旁，华丽夺目的苗族服饰吸人眼球：白红相间的披肩，素雅的浅底蓝色条纹短裙，均为自家纺织，自己印染。贵州苗族分支很多，按头饰与服饰的区别大致可分为黑苗、红苗、青苗和花苗等，花苗又分大花苗和小花苗。大花苗与小花苗的服饰花形各异，大花苗的服饰花纹以扁菱形连续纹为主，小花苗的服饰花纹是白色衬底的红黄图案，以城池、山川、河流及房舍为主。

迎客队伍由老人、少妇、儿童、少女组成，间杂一两位青年男子。迎客歌响起："阿毛若，阿毛若……"两个主唱跳起了迎客舞，他们各执一牛角，牛角中装有酒。牛角酒第一个迎向我，我早请教了喝牛角酒的方式，轻易过了关，便去抓拍诸友被灌酒的场景。

一个十五六岁的红衣姑娘，似林黛玉般纤秀，未披挑花披肩。跟她年纪相仿的另一女孩穿着传统的大花苗服。未婚与已婚女子的头饰与服饰略有区别，已婚女子着盛装时要梳锥形发髻。在竹林旁，她们给我展示了梳锥形发髻的全过程，模特是那个迎客歌唱得最棒的女子。她长得不算美，有四环素牙，但眼神明亮、清澈，歌声醉人，我的目光始终跟随着她转。

低矮的土坯房昭示着生活的清贫，生活在大山里的苗族同胞们却安居乐业，能歌善舞。我捕捉到的眼神，清一色的都很纯净。据说寨子一旦来了贵客，各家各户就会自发凑齐米、油、菜，集中在一家做饭待客。每次去那里采风，摄影师们都自带粮油、肉食和蔬菜，有时还带旧衣物，不忍增加村民的负担。

路旁一农户的堂屋升起了炭火。年长的妇人在灶屋生火做饭，年轻妇人与姑娘们在村落的一角，按摄影师的要求还原着生活常态。她们只是三三两两地集中在一起轻言细语，就呈现了一派原生态风景。

下午三四点钟，入席吃饭。村里的一间空房里摆着两张拼在一起的长条桌，桌上摆满菜肴，参与迎接的村民们都参加了迎客宴。两三个女子端着饭盆到处走，若你吃饭吃得快，碗才空就会被飞来的一勺饭扎扎实实扣满。深山里的苗族人民定有过吃不饱饭的日子，不然招待客人最隆重的方式，怎会是给客人无休止地一碗碗地"强行"盛饭呢！

采风时，围观的小孩里有一个美丽的布依族小姑娘，她总睁着大眼睛看我们摄影，去学校的时候又遇到她，她很礼貌地跟我打招呼，说自己是邻寨的，在这儿上小学。我见她第一眼便顿生怜爱，再遇，便忍不住想送她点什么，善解人意的司机小魏赶紧到车上拿出一大袋在安顺买的零食塞到她手上，我又把手机号码写在纸条上递给她，要她有事可以找我。她寡言，眼睛却会说话，静静地送我们回到车前。

夜色将至时，晚宴结束了。即将告别苗寨。送客歌在车子的右侧响起，还是那个最会唱歌的女子端来了牛角酒，让我象征性地抿了一口。善酒的依然开怀畅饮。村小的校长该是他们这里最有文化的人了吧？他带着一群村民与我们挥手道别，我用相机记录下了这感人的一幕幕，又连夜导出来，一一回放：听不懂的苗歌，听得懂的旋律。

苗寨愈来愈远。山西摄影师老赵在车里感叹道："该把赖在宾馆不肯起床的煤老板小崔拖过来的，让他来看看这个寨子，发动他们有钱人捐款。"

摄影师总喜欢寻最原汁原味的地方，拍最原生态的景物和人物。我在这一次采风过程中却始终心情郁郁。想自己平日住在城里向往山村，却未曾想过有些山村还很贫穷落后，需要我们的帮助。

穿大花苗服装的十六岁的迎客小女孩，在外地打工，月薪一千八百元。

蓦地想起千户苗寨那些整洁漂亮的枫木吊脚楼及令人遐想无限的"美人靠"，心里突然感伤起来——民族特色固然要坚守，原生态要尽可能保护，但与时俱进的东西，一定要想方设法带到原生态的寨子里去。

让世间所有人在物质和精神上都富足起来，才能让喜欢寻梦的人得到真正的快乐与满足。素喜"达人所之未达，探人所之未知"的徐霞客，在四百多年前远赴苗寨时，是否也有这样的感受？我想，一定是的。

犹记荷花处

看 荷

　　看荷，仿若是夏日必赴的一场盛宴。

　　红的、粉的、白的荷，全像天鹅般伸长着颈，在南普陀寺，在富厚堂，在柳叶湖旁的池塘，在所有适合荷生长的地方，袅娜着、纤弱着、盼望着，出尘不染。

　　常幻想小区里也有一池荷，那样我就可以每天去陪陪她说说话，领略她初绽时的羞怯、怒放中的恣意、凋零时的不惧。看她若旧时优雅的女子，无论谁走过她的身边，她都低首做着女红，始终保持亭亭的姿态。

　　"田田八九叶，散点绿池初。"初长成的翠钱，有人会去探访，有人会不着急。最被惦记的，往往是盛夏那一池清丽及半池荷香。夏荷，总让人在不卑不亢中，生出些许庄重与自持。让人在一缕风过后，恍若入了池塘。但秋叶寥落时，大多数人都以为荷不在了。他们并不知，残荷会坚守在池塘中，化成另一种清冷与决绝，直至来年要腾空间给新荷时才被清理。间或有画画的人，背着画板去探访，在白纸上勾勒残荷的姿态；更多人只是在不经意间，偶遇花事了了的荷塘。可能会有心悸，有隐痛，有悲凉。才走远的夏，蓦然间又回到心头。

新建的夏荷，常是那般突兀地转回。

远在市郊的新建，是一个乡。几丘田过去即荷田。远远可见深深浅浅的粉荷，热热闹闹地开在荷田里。我常恍惚自己也在荷田里，但哪一朵才是我呢？我也不止一次见着采莲子的妇人，"乱入池中看不见，闻歌始觉有人来"。我的目光呢，时而抚摸一下荷花，时而在莲蓬上飘摇。总想着，莲子可着急蹦出来呢。

新建的荷，不如池塘的荷雅致与诗意，只似农家的新媳妇，饱满、光鲜、大大咧咧、无拘无束。荷田不知长于何年，不晓得是由哪位过客宣传出去，一传十、十传百，招引来无数城里人。荷田最喧闹的日子，大概也是它最孤独寂寞之时。荷田绿海，自此担负的重任，不仅是结莲子。

荷田每年变换着模样，有时成片，有时一垄。有一回，我明明只想在田埂边站着欣赏，却不知不觉潜入了荷田深处。我被荷叶掩住半边脸，却努力踮脚、翘首，只为装作与你不期而遇。

你每年都来，拿着单反相机，围着荷田，把镜头拉远拉近。我并不晓得，你能否看到被荷叶遮挡的我。你在荷田边流连，我在烈日下苦等。我终于累了，你来没来走没走，有没有瞥见我，甚至，你的镜头里有没有我，都不重要了。

你也许会再来，在清晨或午后，或者在来年。许是一个人，或是一群人。你温暖的目光仍会扫过荷田，定格在那一朵。那一朵可能依旧不是我。而我一如从前，藏在荷塘深处。

秋来，你不会来；秋去，我早已老去。你可能在某个寂寥的秋日，不经意遇到另一池荷。彼时，我在荷塘一隅潸然泪下，只因这一生，可能都只是我遇见你。

而少年、盛年乃至暮年，我始终愿自己是一朵荷。一朵可能被轻轻忽略的荷，一朵和别的花一样，有过完整一生的荷。

荷为贵

"荷为贵"是一家农家乐的名字。那里有木质长廊，四周皆荷。我对它念念不忘，是因为它的第三任主人新灵娃娃。

第一次见她，是和文友山泉、羁客在太平溪郊游。山泉跟路过的一位大眼、高鼻、瓜子脸的女子打招呼。她跟山泉寒暄几句后，礼貌地冲我们笑一笑，飘远了。

我被人拉去早春的公坪漅水河畔玩耍，新灵娃娃也来了。她穿着一件迷彩服花纹的羽绒服，白皙小脸藏在大毛领里，格外清秀。她跟大家聊天，跟我聊文学，晚餐时不断地给我夹土菜。

一晃到了冬天。羁客几人约我去黄岩山上拍初雪。我随口问了句："怎么好久没看到新灵娃娃了？"羁客回答："她在秋天查出肺癌，去广州治疗了。"我很惊讶，问他："要紧不？"他说："不容乐观，说是肺癌晚期。"

年后，山泉递信说，新灵娃娃不在了。我沉默半晌，问："好久去的？"他说："年后不久。"想着她长睫毛下洋娃娃般的大眼睛，我有些怅然。山泉忙说："你不是爱拍荷花吗？等到了夏天，我们去'荷为贵'拍荷花，说不定能在荷塘里遇到她！"

挨到初夏的某夜，山泉约我。次日一早，我们去杨村。

"荷为贵"愈发有情调了，走廊上散放着数张藤椅、摇椅，还有几张小圆桌。一大早没有客人，空空的长廊里，只有几个身影晃来晃去。太阳出得早，荷开的开，合的合，不由得使我想起新灵娃娃。她该是今日的新荷，还是昨日的残荷？

我总感觉新灵娃娃藏在哪片荷叶下。我游离的眼神，飘过被木长廊隔开的一池荷。望着此处的荷，身后仿佛有一道目光盯着我，并且传来一个熟悉的声音："瑞瑾，我在这呢！"等我转身，那些荷，在荷叶的簇拥下，又静默起来。

荷花花期长，前后有三个月的样子，每朵荷花呢，说是只能开一周。一朵荷，花期再短，也璀璨了一生；一个女人，何尝不是如此？

后来杨村因修高铁被征地，"荷为贵"停业了。又一个盛夏，我特意去了一趟"荷为贵"。木长廊仿佛一夜间歪斜起来，走上去，都让人胆战。荷塘里，野荷在努力挣扎，野草跟荷争着地盘。

老远，我看到了一朵荷藏在荷塘深处。

我凝视着她，她回望着我，是新灵娃娃吗？她想到过有一天，曾经热闹的"荷为贵"会人去楼空吗？她又可曾想到，有人惦记着她，就像惦记那些荷一样呀。

一江水，一塘荷

一条大道，隔开两座相互打量的城，一侧是新城，一侧是古城。

你说："进城吧。"我顿了顿，深呼吸，缓步迈进城门。右拐，错过了胡家塘的夜荷，却遇见了黑暗里的这条护城河。

小河有个好听的名字，叫万溶江。

这一江水，不如沱江丰腴，不如沅江宽阔，不如金沙江激越。虽见证了古城里千百年来的浮浮沉沉、刀光剑影，却始终温润沉默。

目光所及的这江水，左边是新修的吊桥，中间是跳岩，右边是一座古旧的风雨桥。自跳岩过河，彼岸没有你，没有正弹唱的流浪歌手，没有兜售花环与河灯的小贩……夜夜笙歌的丽江和凤凰，此刻离我那么遥远。只是我仍旧忍不住想起沱江，想起丽江那从雪山上流淌下来的清泉，甚至想起梦里抵达过的茶峒，想起翠翠与她那条黄狗，想起渡船和吱吱呀呀的筒车。

吊桥是古城新物,很多年后才能成为陈迹。我伫立在吊桥上,心思随着桥与风微微晃动,俯视桥下的万溶江,怎么也找不着"涨落的潮汐""雾湿的芦苇"以及"被你所遗落的一切",而许多年后,有谁会记得我们曾经来过?

这座古城,叫乾州。

我们再次进城是次日清晨。一幅"小桥流水人家"的风景画赫然出现在眼前。似在江南遇过,却听不到吴侬软语,没有橹船轻轻摇过,小巧的石拱桥和狭长的石径,将大塘隔成一塘荷、一池睡莲。桥拱下方,睡莲跟荷花在说悄悄话。过了桥,右拐,有一石径折进小池深处,一株垂柳与分岔口的那株遥相呼应。垂柳守护着池里几朵寂寥的睡莲,水面如镜,连对面木屋和青砖屋的倒影也一同陪着它们,仿若都是在怜惜这些睡莲没法像盛夏时一样三五成群地躲在荷叶下说说贴己话。青砖黛瓦、飞檐翘角的一栋民居紧挨着这池水,我一直在想,这座深宅大院的地基石是如何跟池水相安无事的。若折回下桥处两条石径的分岔口,继续右拐,沿着桥的方向径直前行,左边是一塘荷,右边是一池稀疏的睡莲,一条石板路引向前方,直至走向环塘而居的十几户深宅大院。一塘荷,满目的绿,偶有残叶拽着衣角,零星的红荷懒洋洋地兀自想着心事……

无人知晓胡家塘的荷与睡莲换了多少拨,但在深宅大院里出生成长的一些人早已离去。他们自小在荷塘边嬉戏玩耍,从这条巷子串至那条古街,寻小伙伴,去江里戏水,看女人们浣衣,偷窥风雨桥上的故事……年年岁岁,荷貌似未改变,人却渐行渐远,远到终有一日会沉睡在历史的烟云里。

古城可以修缮,故人却再也回不来。不过,始终有一些东西能陪伴着这座古城,比如这一江水,比如这一塘荷。

第二辑 人在草木间

四水寻茶

一

在没有考古到湖南澧县城头山古文化遗址出土的土陶茶具，以及澧县太青山大小桐山发掘出的澧县小叶野生茶树群落前，人们一般根据《神农本草经》及唐朝陆羽《茶经》中的记载，推断炎帝神农氏为国茶的始祖。但传说终究是虚幻的，没有物证的支持，这个观点只能作为推断，无法定论。

澧阳平原的这两大考古发掘成果经国际权威茶文化专家程启坤教授和湖南师大国家级茶文化专家蔡镇楚教授的鉴定与研究，认定中华茶文化起源于澧县城头山七千年前的野茶陶杯文化。

这些年，发现史前遗址不稀奇，稀奇的是城头山是一座距今六千多年的完整城池。在城池里还发现了八座土陶窑，出土的土陶器具中有许多跟茶有关。当地野茶研究所所长周小云所著的《澧县城头山野茶文化起源的历史地位与当代利用价值研究》中提到，"前6500年期间，城头山先民利用澧县小叶野茶、制茶擂钵制成干茶后，又用城头山的土陶窑烧制储茶茶罐，烧开水用的陶豆与陶釜、舀开水用的有把的土陶杯、沏茶用的大土陶杯和喝茶用的无把小土陶杯，羹煮和冲泡饮用野茶，后又通过船将大型储茶陶缸运到长沙中下游及中原地区……"

这里涉及了湘茶的文化渊源，触及了湘茶与湖湘文化看似牵强附会实则千丝万缕的联系。

若按"湘资沅澧"四条河流来界定湖南的地域分布，它们足可涵盖湘楚大地的每一个地区、每一个乡镇、每一个村寨；若按这四条河流来追溯湘茶的祖宗八代或传承踪迹，沿着这四条河的每一脉水系，就能找到湘茶的倩影和馨香。

不妨先沿着湘水，一路行走寻觅。

《山海经·中山经》记载："漓沅之风，交潇湘之渊，是在九江之间，出入必以飘风暴雨。"潇，即潇水，湘水的上游和正源，源头位于永州市蓝山县紫良瑶族乡野狗岭。

从野狗岭南麓发源的湘水，像追赶一段千古情缘的女子，紧盯着前方的爱人，一路向北，经衡阳、株洲、湘潭、长沙，至湘阴注入洞庭湖，投入长江的怀抱。

湘江蜿蜒流淌，沿途名茶令人目不暇接。永州境内的百叠岭银毫、刺儿茶、塔山婆婆茶、江华毛尖、回峰茶、江华苦茶和江华甜茶，将永州之野熏染得满地清香。

自古以来，蓝山的百叠岭、沙子岭以大叶苦丁茶最为有名。百叠岭银毫、百年老枞、大叶苦丁茶等十余种富含硒、锌等微量元素的茶在全国荣膺不少金奖；珍稀的蔷薇科植物刺儿茶恣意生长在宁远舜皇山之巅，含丰富的茶多糖，既为茶又可入药；流水潺潺，山色翠艳，负离子最盛的双牌都庞仙鹤岭，则盛产野生岩茶——塔山婆婆茶；紧邻广西贺州的江华瑶族自治县涛圩镇牛牯岭一带的高脚茶江华苦茶和矮脚茶江华甜茶，蕴含着这个从苦难中走出来的民族特有的回味和韵味。

湘水干流未穿越郴州市，但郴江汇入了耒水，耒水又直达湘江，郴州与湘江便有了一衣带水的亲情。这一流域拥有的五盖山米茶、郴州碧云、骑田银毫、黄竹白毫、东山云雾、豪峰茶、狗脑贡、玲珑茶和珍稀汝城白毛茶，给湘江平添了几分茶韵。

骑田银毫茶，是宜章骑田岭南麓所产的新创条形烘炒绿茶；永兴的黄竹白毫茶因产地独特的地理小气候入选过中国十大名茶；安仁豪山方圆百里无污染，出过宋代贡品"冷泉石山"茶，现有后起之秀安仁豪峰；资兴狗脑贡茶几经周折，在"九五"期间再创贡茶辉煌；耒水的发源地桂东，所产的玲珑茶状若环钩，奇曲玲珑，属于历史名茶。

多情的湘水流到雁城衡阳，爱意更加狂热，河面更为开阔。雁城之下就算湘江下游，南岳云雾茶、衡东藤茶、江头贡茶、塔山山岚茶、岳北大白茶等，像跟湘江争宠似的，在此争奇斗艳。

西汉末年，南岳衡山就有了云雾茶；衡东藤茶是属葡萄科的显齿蛇葡萄，又称莓茶，全株入药，具有清热解毒之效，硒的含量胜过绿茶、花茶；盘踞耒阳龙塘镇龙下村水库中央的江头茶园，山在水中，茶在山间，江头贡茶风情出浴；常宁塔山瑶族乡的塔山山岚，素有"舌尖上的茶叶"之称；衡山县贯塘的岳北大白茶和衡南县宝盖茶场的开盖香有机绿茶，皆为口碑不错的湖南名茶。

不知疲倦的湘水一路跑到工业重镇株洲，携着洣水、渌江流韵，左拐，往湘潭奔去。

"青玻璃盆插千岑，湘江水清无古今"的洣水，素有"小漓江"和"圣水河"之称。"神农尝百草"在炎陵，"神农安寝"在炎陵；茶陵还是中国唯一以茶命名的县。曾几何时，茶山犹在，历史上的茶乡却沉寂没落了很久。这些年茶陵和炎陵的茶业全面复苏，另辟蹊径，重振雄风。茶陵靠"茶祖·三湘红"荣获百年世博中国名茶红茶类金骆驼奖，炎陵建起高山乌龙、神农铁观音、神农剑、神炎春四大名优茶基地。

娄底双峰县早在1951年被划出湘乡市，两地同饮着一江涟水。涟水向东流，流经湘潭汇入湘江。历史名茶永丰红茶、永丰细茶，及新创名品双峰碧云，就产自古时的永丰今日的双峰。清朝永丰沙塘乡茶商朱紫桂趁鸦片战争海禁大开之际，指导茶农将粗叶制成红茶，永丰红茶迅速成为著名外销茶。近代名臣曾国藩嗜茶、懂茶，尤喜永丰农家菜园里清明、谷雨时节采制的白芽茶，"银毫地绿茶膏嫩，玉斗丝红墨沈宽"的白芽茶，被他命名为永丰细茶。

古属潭州的湘潭市，别称"莲城"，是湖南历史上最大的茶叶外销集散地。但此地自产名茶颇少，数得出来的只有韶山的韶峰茶、湘潭县的羊鹿毛尖等。

宽阔的湘水，浩浩汤汤闯入长沙境内，浏阳河、捞刀河、沩水迫不及待地涌入湘江。湖湘的气韵，格外钟情这片土地上名目繁多的茶，沩山毛尖、河西园茶等名贵黄茶，历史名茶金井红碎茶，绿茶名品金井毛尖、高桥银峰、湘波绿、岳麓毛尖、东湖银毫、浏阳河银峰等，无不沾染着一缕缕湖湘人文内蕴，令茶客为之着迷。

沩山毛尖出自"千山万山朝沩山，人在沩山不见山"的宁乡大沩山，是带禅味的黄小茶，熏烟工艺为其独创。同为黄小茶的河西园茶俗称"挂面茶"，它的独特之处则是渥坯和全干时，用黄藤与枫果球小火慢烘，使得茶叶完整，提起呈串钩状。

北宋魏野赋诗曰："城里争看城外花，独来城里访僧家。辛勤旋觅新钻火，为我亲烹岳麓茶。"诗里的"岳麓茶"，便是岳麓毛尖；浏阳河畔、东湖之滨的东湖银毫，用玻璃杯冲泡，有"东湖银毫茶，两叶抱一芽，味醇香持久，形色美如画"的诗赞；用自产毛尖配鲜茉莉制成的长沙茉莉花茶，窨制技术精湛，在全国同类花茶里常年销量第一。至于金井毛尖、高桥银峰、湘波绿、浏阳河银峰，则是后来居上的新创名品。

二

　　雪峰山是资水与沅水的分水岭。资水野得像从大山深处走出来的村姑，上中游湍急，素有"滩河""山河"之称，内藏诸多风雅，盛产渠江薄片、安化黑茶、桃江香炉山黑茶；绿茶名品安化松针、奉家米茶、月芽茶、蒙洱茶、白马毛尖、安化银毫、桃江竹叶等，也离不开资水的润泽；城步虫茶、绞股蓝、青钱柳以及珍稀树种城步峒茶，皆为资江流域的宠儿。

　　娄底新化属于资江流域。相传，早在先秦时代，新化奉家山、天门山及古台山一带就开始出产渠江薄片。明洪武二十四年（1391年），开始生产炒青和烘青，渠江薄片停止进贡，几近失传。茶叶专家经过数年挖掘研制，渠江薄片得以重现江湖。它采用"两蒸两制冷渥堆"的新工艺，解决了传统高档黑茶存在的"涩味"和"沤味"问题，荣获过中国国际茶叶博览会金奖。

　　除了渠江薄片，奉家山还盛产米茶、蒙洱茶。奉家米茶分黑、红、绿三色，黑米茶滋味醇和，无涩味，汤色橙红明亮，独具"竹香"。传统奉家绿米茶被改造成月芽茶，形质皆美，条索紧卷，形似月牙，照彻心怀。

　　《奉氏族谱》载："奉氏秘方，蒙洱茶，一斤换米百升。"蒙洱茶采制于遍山兰花盛开时的奉家蒙洱冲，兰香的熏染浸润，使蒙洱茶独具异香。

　　资水流域的益阳安化，宋始，茶树在芙蓉山与云台山上"山崖水畔，不种自生"。元末明初，安化已盛产烘青绿茶；清咸丰年间，安化工夫红茶享誉中外，上起渠江，下至敷溪，全县三百多家茶行，一派"茶市斯为盛，两岸人烟稠"的盛景。

安化黑茶，是湖南最为著名的边销茶，业已形成"三尖""三砖""一卷"的格局；安化松针、安化银毫和中国第一代紧压绿茶——银币茶，也成了中国绿茶的佼佼者；湖南红茶的代表当然是安化红茶，是清朝时湖南从福建引进红茶技术后出现的后起之秀。

桃江，不仅出美人，出勇夺米兰世博会国际黑茶金奖的香炉山，还出桃江竹叶茶与雪峰毛尖。桃江竹叶茶属扁形烘炒绿茶，栗香，因形似竹叶而得名。桃江雪峰山的雪峰毛尖，以独特的兰花香味闻名全国，1972年曾入选"湖南十大名茶"，当时与君山银针、安化松针和高桥银峰等齐名。

三

沅水是"湘资沅澧"四条河流中最长的河流，但流域面积不及湘江。沅水流域风光旖旎，名茶恒河沙数。产茶区包括湘西的古丈、保靖，怀化的沅陵、溆浦、会同、芷江，邵阳的绥宁和常德的桃源等地。

青山秀水的湘西，藏着太多人文底蕴，也滋养着众多国内顶尖级的绿茶，如古丈毛尖、保靖岚针、保靖黄金茶、狮口银芽。

古丈县有红石林，有高望界，有坐龙峡，有"百灵鸟"宋祖英，还有酉水和古丈毛尖。始于东汉的古丈毛尖，被誉为"绿茶中的珍品"。古丈汉子何纪光的《挑担茶叶上北京》和古丈妹子宋祖英的《古丈茶歌》，每一个旋律都飘荡着缕缕茶香。

溯酉水而上，保靖县的保靖黄金茶，的确是"一两黄金一两茶"。保靖望江坡茶场常年山岚缭绕，寨子里的人自豪地把历史名茶保靖岚针叫作云雾岚山茶。可惜这种茶珍贵稀少，俨然成了如安化松针一样的"隐士"。

沅江支流潕水河哺育的侗乡芷江，因"沅有芷兮澧有兰"而得名。

芷江盛产一种挨着大树坳村生长的、民间俗称"观音茶"的野生甜茶，学名为"多穗石柯茶"，茶汤浸出物含量高，含有丰富的茶多酚，具有绿茶的功效。

跟着潕水走进中方县桐木镇华汉茶园，会看到两款如孪生姊妹花般的高端绿茶：华汉茶业的雪笋茶和茗中鹤茶业的舞水银针。两种茶选料讲究，制作精细，芽壮似笋。雪笋茶味道更香，只因在锅里多待了两三分钟；舞水银针的色更绿。

溆水是溆浦的母亲河。唐代贡茶里就有辰州溆浦茶。溆浦人习惯制作工艺相对简单的红茶。溆浦也是黑茶边销茶的一个源头，在相当长一段时间内，溆浦每年都要组织十万担原料茶，送往安化白沙溪和益阳茶厂。

统溪河镇穿岩山景区，散生着大量灌木小叶野生茶，一些老茶树树干有桂花树粗。那里完好地保存着据说屈原走过的茶马古道，它曾将溆浦野生茶源源不断地输往四面八方。

从茶马古道打马逆上清浪滩，二十华里处是"三伏暑天如寒秋，四季云雾泛浪头"的沅陵碣滩山，它是中国优质绿茶碣滩茶的原产地。

沅水以北属武陵山区，以南属雪峰山脉，境内山岭起伏，溪河如织。江南的官庄界亭和黄金坪一带，盛产清代贡品官庄毛尖。

沅水流域的每座山、每段河谷、每个村野，随时能跟一种名茶、一段茶话、一段茶的传奇不期而遇。沅水河畔的会同县，是巫水和渠水的流经之处。当地人称巫水为小河，渠水为大河，蒲稳乡八仙山属大河流域，会同瑞春茶业的野生黑砖及茶饼、独芽、毛尖、扁茶、红茶、白茶都产自此地。

巫水自城步往北途经绥宁黄桑坪巫水支流西河发源地，是五岭山系与雪峰山系交汇处，盛产"自然界赐予医学界的三棵树"之一的青钱柳茶，此茶甄选野生青钱柳树初春芽叶，采用现代中药加工工艺与古法炒茶工艺制作而成。

《荆州土地志》载："楚南茶出武陵七县，桃源其一。"说的是常德桃源。桃源的茶庵铺盛产桃源大叶茶。这些年桃源大力发展本地名优茶，已研制出野茶王、古洞春银毫、古洞春芽、柚花茶、桃源大叶乌龙茶等优质茶。其中，桃源野茶王为濒危的山地野生大叶茶品种；古洞春芽主产于桃源太平铺一带，采用传统炒青制作工艺；怡清源茶业的野针王，选用桃源基地的地方优良品种，成为绿茶中的精品。

四

澧水，因上游"绿水六十里，水成靛澧色"而得名，又因屈原的"沅有芷兮澧有兰"而得名"兰江"。

澧水北源、中源均始于张家界桑植，唯南源始于湘西永顺。

这又是一条茶语滴翠、茶话凝香的风雅河流。

这里有龙虾花茶、青岩茗翠和永定区的一碗水毛尖；有明清贡茶天崇毛尖和月岩茶；有由明代茅冈土司覃氏祖传药茶演绎而来的茅岩莓茶。

澧水流域的石门与澧县，是常德主产茶区。石门盛产牛抵禅茶、石门银峰、东山秀峰及石门怡红；澧县则盛产太青茶，有贡品双上绿芽。

李白流放夜郎，途经石门壶瓶山，留下"壶瓶飞瀑布，洞口落桃花"的佳句。壶瓶山出产的石门银峰采摘采制相当讲究，"头泡清香，二泡味浓，三泡四泡，幽香犹存"。东山秀峰产自东山峰农场，属条形烘炒绿茶，一般清明后开始采摘。石门夹山的牛抵茶，早在宋朝已与衡山钻林茶、宁远巉茶并列为朝廷贡品；石门怡红的前身，是广东茶商卢次伦所创的石门宜红，有金银花香和桂花香，被台湾茶叶学者和制茶专家一致评价为"香高味浓回甘滑口"，堪与台湾名茶"东方美人"媲美；澧县太青山著名的太青茶，即早些时候的太青云峰，是贡品双上绿芽。

"小巧玲珑"的澧水在"湘资沅澧"中排行最小，长度最短，但同样在湖湘大地上孕育出厚重绵长的茶语风流。

五

"湘资沅澧"带给我们的茶文化现实和历史追怀，无疑形成了我们内心的人文河流。

"湘资沅澧"的最终归宿之地——洞庭湖，更不容被忽略。

洞庭湖畔的岳阳多丘陵，因洞庭湖气候的滋润，茶叶也清丽婉约。无论是黄茶君山银针、北港毛尖，绿茶君山毛尖、洞庭春、兰岭毛尖、白石毛尖，还是平江的红碎茶、工夫红茶、九狮寨有机茶，抑或临湘的老青砖黑茶，洞庭青砖，都是湖南乃至全国响当当的名茶。

"金镶玉色尘心去，川迥洞庭好月来"，说的是"中国十大名茶"之一的君山银针。北港毛尖即唐代名茶灉湖茶，产于岳阳北港。君山毛尖俗称白毛尖，《湖南省新通志》载："君山茶色味似龙井，叶微宽而绿过之。"属条形烘炒绿茶，跟君山银针同产于"天下名山，必产灵草。江南地暖，故独宜茶"的君山岛。

"洞庭湖烟波浩渺，黄沙街茶香名扬"，说的是岳阳黄沙街茶场的洞庭春。平江以生产红碎茶、工夫红茶而闻名；位于平江县福寿山上的是九寨狮高山有机茶；湘阴的兰岭毛尖有个栩栩如生的别名兰岭绿之剑；湖南北端的临湘，是老青砖茶的故乡，明末清初开始生产，运至湖北洋楼洞制成青砖茶销往北方，甚至销到了俄罗斯与蒙古。

北茶野香清爽，南茶醇香甘厚，湘茶兼具南茶北茶的双重优点。翻开数千年的历史长卷，湘茶珍品不胜枚举，宋代有芙蓉青茶，明清有潭州铁色、天尖、贡尖等。

沿着或相邻，或交织，或错落，或迂回，或重叠，或暧昧的"湘资沅澧"一路探访，再抵达洞庭湖，知名或不太知名的茶赫然出现在眼前，但遗珠难免。苏轼在《次韵曹辅寄壑源试焙新芽》中曰："从来佳茗似佳人。"湘茶，湘女，是绕不开的美好交集。湘茶犹如世人眼里的湘女，专情美丽、历久弥香。

从茶荡漾开去

一

我对茶有比较深入的了解,是从我刚出版的一本茶书开始的。

应约写《美丽潇湘·茶事卷》前,我只是爱茶人,对茶谈不上懂。写茶,写湘茶,必定要翻阅大量相关资料,熟悉相关茶企,于是,很长一段时间,茶终日在我思绪里晃来荡去,若即若离。

"江南地暖,故独宜茶"是《茶疏》里的句子。湖南"地暖"产好茶,便也极为自然了。

有些茶,我至今只闻其名,不见其真容,比如君山银针。君山银针是"中国十大名茶"之一,是一款黄茶,严格意义上讲,是一款黄芽茶。顾名思义,采摘的均为清明期间茶树上首轮色泽嫩黄的芽头。我对素有"金镶玉"称谓的君山银针的所有了解来自图片与文字资料,就像人对心仪的佳人一样,看得见,摸不着,闻不到。好在我去过洞庭湖中的君山岛,"一螺青黛"的君山岛常是"烟波不动影沉沉",四面环水,地理环境宜茶。人常说"望梅止渴",我是时常望着图片,揣想着君山银针如何在用玻璃杯盛的山泉水里,三起三落,翩翩起舞,仿若袅袅茶香,在我走神的刹那,朝我袭来。

我也无数次想象与君山银针的相逢，初见，是否会有强烈的悸动？

令我浮想联翩的茶，其实不止君山银针，还有安化松针。我在写作的过程中，曾下大力气，酝酿对安化松针的情感。我不愿意把湘茶写得过于教条与死板，更渴望将之想象成我愿意倾心交谈的美丽女子。千百年来，安化松针曾一直以"芙蓉青茶"与"云台云雾"的贡茶面貌，作为一种传说，影影绰绰地藏在湖南安化著名的芙蓉山和云台山中。这种传说中最美丽的绿茶，遗世独立，散落在山中。《潇湘晨报》记者王砚用饱含深情与遗憾的笔触书写过安化松针，读后我掩卷长叹，不由自主地爱上了这个从未谋面的"江湖传说"，我笔下的安化松针自然也就有了情怀。权威茶叶专家审定茶书初稿时，曾建议拿掉描写安化松针的那一小节，理由是安化松针已非湘茶的主力军。出版时我发现它仍然静静躺在书目里，我欣喜于责编对它的认同，这也等于认同我对这种落寞名茶的心疼。安化松针采制时间太短，产量日益稀少，茶场不得已不断缩小。它更像隐士，保持着固有的风骨，不媚俗，不与众芳喧妍，不肯在传承下来的采制细节上妥协。在满城卖黑茶的商铺中，定然寻不到它的身影，它注定像一颗充满传奇色彩的珍珠，只能在懂的人的手中焕发异彩。

二

记得年少时，家里常备着长沙茉莉花茶，长条形的塑料袋包装，简洁雅致。那时物资匮乏，只有家中来了客人，父母才会泡上茉莉花茶。屋子顿时会荡漾起茉莉的清香。小时我仅知绿茶、花茶，看到文章里常写清茶一杯，我还想，清茶到底是什么茶？

读初中时，有一次在要好的同学家玩，眼见她当小学老师的母亲，面不改色地把客人喝过的茶洗了，再晾干，留着继续喝。我当时就看傻眼了，回家后，我就偷偷观察，看我奶奶会否那般"小气"，可我家估计没拮据到那种程度，待客的剩茶都倒掉了。倒得最多的地方是花盆里，据说用茶叶水浇花树等同施肥，是不是科学的就不知道了。后来同学的父亲当了领导，想必阿姨也不用再做"二道茶"了。

那时，湖南很多家庭都喜欢把一撮粗茶丢进一个橄榄形的粗瓷大茶罐里，将才烧开的水注满茶壶，凉在堂屋或灶间，供家人解渴，有时一罐茶要喝几天。我写茶书时才弄明白，那种瓷壶叫民间包壶。有好几次，我撞见小哥哥放学回家，茶杯也不取，对着茶壶的嘴就"咕咚咕咚"灌饱喝足，我常跟他急，他只是嬉皮笑脸地说："不脏不脏呢，我嘴巴离壶嘴远着呢。"可我心里总有个疙瘩，谁知道他的口水有没有弄进茶壶。我渐渐不爱喝茶，口渴也不喝，渴了就从热水瓶里倒白开水，夏天呢，还正好借机吃冰棍。如今我酷爱喝茶，却发现儿子几乎不沾茶，他更爱喝饮料、吃冰激凌。这两年，他寒暑假回来，我招呼他一起喝茶，他就走过来，端起我斟在小杯里的茶，抿上几口，权当陪我们喝茶了。

三

我刚参加工作时，有一年县里召开系统工作大会，我被抽去给主席台倒茶。我大舅当时是分管我们系统的县领导，他怕毛手毛脚的我不懂得倒茶的礼仪，便提前私下示范给我看，怎么斟茶，怎么盖盖子，怎么续水。我小心翼翼，也诚惶诚恐，但年轻聪明，看几下就心领神会，从那时起，我成了倒茶续水的熟练工。

初懂茶，是1999年以后的事了。那时我刚改行到森林公安。副局长是我高中同学，他的办公室柜子里常放着一些好茶。我仗着是老同学，时不时跑他办公室蹭茶喝。是他告诉我，那种看起来清雅、喝起来清香的绿茶来自溆浦岗东，属于明前高山云雾茶。明前茶，即清明前采制的茶，素有"明前茶，贵如金"之说。溆浦产茶，高山产好茶，我也是那时才知道。领导同学之所以能喝到好茶，是单位另一个副局长同学从老家弄来的，他老家叫岗东，紧挨着茶乡安化。

岗东早已跟渠江流域的两江与善溪合并为三江镇。渠江是一条小河，穿过三江镇，流往安化，汇入资江。资江是湖南著名的四大长江支流"湘资沅澧"中的第三大河流，而溆浦大部分地区属沅水流域。沅水浩浩汤汤，资水颇为野性，四大支流沿途尽是璀璨湘茶。山好水好，出"凤凰"，更出好茶。我娘家当年在溆浦的隔壁邻居是一对岗东籍夫妇，老婆白净秀丽、五官精致，人到中年仍然风姿绰约。溆浦的一都、二都、三都、四都河，在县城汇成溆水，蜿蜒西去，经"小桂林"思蒙，在大江口犁头嘴悄然汇入沅江。而屈原当年就是从犁头嘴走水路到溆浦写下了《涉江》名篇。思蒙水域沿途峭壁上的悬棺，风干了无数红尘往事，只留下画一般的青山绿水陪伴当地子民。很多年后我才知道，二都河流域的统溪河穿岩山也分布着诸多野生灌木茶树，还遗留了一条完整的颇有历史渊源的茶马古道；一都河流域的龙潭既有闻名遐迩的山背花瑶梯田，又是湖南红茶的主产区之一。

离开溆浦时，我尚属茶盲。那时先生在电视台做记者，出去采访归来经常带些中方桐木、会同鹰嘴岩的绿茶还有沅陵碣滩茶，那时没有喝茶的雅兴，礼品盒都懒得打开，有些茶一收就是大半年。后来怕把绿茶放陈，才赶紧把茶分头送了外地客人，喝过茶的客人反馈："你给的那茶味道真不错！"我方知怀化很多地方原来都是产好茶的，尤其是沅陵，特别是"家在水下"的库区北溶，是千古贡茶碣滩茶的故乡。关于碣滩茶，我想在接下来的茶系列写作里，细细道来。

四

2005年初夏，我去南京受训，经历了人生中第一次长途旅行——沪杭苏锡四日游。那次旅行不仅让我与睡莲初遇，也让我品尝了传说中的龙井。在龙井村，导购让我们品尝地道龙井，教我们识别哪些是"二道茶"。"二道茶"即不良商贩将喝过的茶重新晾晒当成新茶卖，跟当年同学母亲的"二道茶"如出一辙。导购的最终目的是推销二两装的龙井茶，游客可以随意灌，只要你塞得紧。想着龙井这么有名，我买了一罐带回家，又在无锡买了一套绿砂壶，叫"水上漂"，至今仍放置在茶案，有时用来泡普洱。龙井我自己不舍得喝，从塞得很紧的茶罐里匀一点出来留着尝，像给龙井茶叶松了绑，让它更加舒展，然后拿着那罐龙井送了朋友。

2007年初春，我第一次独自旅行，去的是丽江，慕名住在樱花客栈。之前，先生从外头带回一个风铃和一饼普洱，说是当导游的熟人从丽江带回的礼物。风铃挂在主卧窗前，能不时找点琼瑶小说的感觉；普洱当时没舍得喝。去了丽江，我刻意找普洱。我心怀忐忑地走进樱花客栈旁的一家茶坊。茶坊主人招呼我喝茶，茶盘上正泡着一壶普洱，用紫砂壶泡的。我不安地坐下，端起中年老板递过的紫砂杯，品人生第一杯普洱。老板笑问："这是熟普，感觉如何？"我不懂装懂，假装斯文道："嗯，不错！"我说的并非假话，普洱的口感陈香黏滑、温润绵长。那时我还分不清熟普生普，甚至还没品过湖南黑茶。我终究没在他那买茶，他也不恼我，客气地说："不买不要紧，你多了解下，有空来喝茶。"我没好意思再去他那喝茶。临走前我央求樱花客栈的总管小胡带我去了一家叫"秋月堂"的专卖店，买了几饼大益牌熟普，自己留一饼，其余的都送了要好的朋友。留的那饼收到第七年春节，送给了一个很重要的朋友。再去云南，我在西双版纳，轻车熟路地买了不少茶饼回来，生普熟普，价格高的低的，都买了。十多饼生普被我东送西送，只剩一饼，今年春天带到鲁院来开封。懂茶的天津同学小二说："姐，收了八年的生普，再平常的茶也变成好茶了，但南方潮湿，你这饼茶藏得不算很好。"我着急了，问："茶废了？"他慢条斯理地回答道："不要紧，北京干燥，多放一阵子，就会把潮湿气去掉，仍然不失为一饼好茶。"

有了年份的生普，细品起来，的确能品出似水流年的味道。

在对普洱似懂非懂的那几年，我常跟几位文友去天一缘茶楼喝茶，那期间，我迷上了泡茶、斟茶，喜欢看她们表演茶艺，沉醉在她们的举手投足中。我开始写《保质期》，写《陈普》。《保质期》让我懂得，唯有普洱、黑茶之类，存放得当，才会愈陈愈醇愈值钱，而绿茶只能喝新的。在《陈普》里，我写道："是时间把那些原本生涩的普洱氧化成值得珍藏细品的好茶。那么，岁月也总会让一些人，在某些时刻，想起他们当初遗失过的美好来。"

五

而对黑茶的热爱，始于长沙的一位同行。他曾在益阳工作过几年，著名的安化黑茶产自益阳安化。同行在茶乡被培养成一位爱茶人，几年工夫家里囤了价值几万元的黑茶。我每次去长沙，因为坐车的缘故，常有机会去他的办公室做客，总看到他从早到晚煮着黑茶。煮黑茶，简便，谈不上茶艺，也没置办专用茶盘、茶壶、茶杯，我拿着纸杯一次次地续、一杯杯地饮。他告诉我，他能够十余年保持良好身材归功于每天喝黑茶，于是我爱上黑茶的初衷竟也是为了保持苗条。有一年在他办公室，他说："送你两块茯砖吧，里面都出'金花'了。""金花"缓缓开在茶砖内，干嗅会闻到浓郁的菌花香。回家后，我依葫芦画瓢，买了一套煮茶工具，学煮黑茶。不爱喝茶的先生在我的熏陶下，也成了爱茶人。我俩夜里闲坐客厅，边看电视，边泡茶或煮茶喝，日子一天天就过去了。

接触白茶，则是因为怀化籍外地文友回乡，约去聚贤茶屋喝酒。在聚贤茶屋，我第一次品到福建福鼎的"品品香"老白茶。我试着买了一盒旅行装，走哪揣几块，热情地送人喝。人都说好喝，我也满心愉悦。日积月累后，我弄懂了茶分黑、红、绿、白、青、黄，我曾扳着指头算，还差黄茶与青茶没尝过。后来弄明白，青茶是乌龙茶，常见的福建铁观音、大红袍都属于福建乌龙茶。产自潮州的凤凰单丛属于广东乌龙茶。书法家师兄送了单丛给我，我喜欢单丛乌褐色的紧密条索，更喜欢它冲泡后天然的兰花香，极为耐泡的单丛让爱茶人有了从容的姿态。每晚用青花瓷盖碗泡单丛，严格按网上教的泡茶程序走，几分几秒都精确到位，让喝茶也成了生活乐趣。

长沙一位老师是我微友，从未与我谋面，突然有一天，他问我有无兴趣写本茶书，说是省委宣传部外宣办委托的。我有些不安，反复问："我能写吗？"老师说："我看过你写的散文，文笔稳健，文字大气，适合的。"他又说："你就当大散文写吧，随心所欲，想怎么写就怎样写。"我心里没底，说："你把宣传方案给我，我按方案写吧。"他拟了方案给我，我一看方案，傻眼了。

要从概述，写到历史发展，从历史发展写到湖湘文化乃至湖湘茶文化，再介绍名茶单品，还要写传说，写茶马古道，叙传奇茶人，最后还要写茶艺和发展规划……我才发现，资料不好找。这可不比写小说，可以自由想象。网上的资料寥寥，且真假难辨。不得已，我买了本电子书《湖湘茶文化》，它是两位茶叶专家对湖南茶的一番技术性梳理，但我知道，这次之所以请作家写，要的可不是技术性梳理。

我头疼不已，进退两难。老师说："你先写个前言看看，两万字的。"我说:"行。"我原本计划从"湘资沅澧"的源头,分别顺流而下,一一探寻,娓娓道来,不料写着写着卡壳了。我索性放下去忙别的事。直到年底,老师三番五次打电话问进度,我一直说在写。他说:"把写的发来看看。"我支支吾吾,不知如何是好。他说:"你可别食言,临时换人也不行了,争取年前完成吧。"骑虎难下的我,只能豁出去了,开始夜以继日地赶稿,整整一个月,我像跟时间赛跑的人,恨不得一天有四十八小时。有十天几乎没睡觉,我沉浸在茶海里,恍惚间真以为自己成了茶叶专家。在搜寻湘茶资料的过程中,我了解到了澧阳平原那座六千多年前完整的城堡——城头山。当地的考古工作者在城头山的遗址里发现了野陶茶具,甚至考证了远古时代的澧县小叶茶树种;我也百度到一个崭新的名词——北纬30度,在网络林林总总的文字里,瞥见了北纬30度的种种神秘与神奇,这些发现,让我激动不已。

初稿里,我满怀激情,把可以使文字鲜活的元素加进一些章节,写到湖湘文化时,我引用了余秋雨《何谓文化》里的一些句子,似乎看到了远远不止五千年前的中国大地,那些茶,那些茶具,以及喝茶的人。

靠着每天一壶黑茶,我透支着还不算衰老的身体;在琳琅满目的湘茶里,我日益找到了自己。

六

在写作的过程中,我感觉自己就是一个茶人,从远古时代走来,从澧阳平原走来,不,从更远更远的云贵高原走来……我望见了历史长河里波光潋滟的过往,望见了在水一方的我、抚琴的我、沏茶的我。

我还想起电影《爱有来生》的场景,小玉是女主角阿九的转世,正巧租到那座有银杏的庭院,一天晚上,小玉沏茶等她的闺蜜,等来的却是在银杏树下等了阿九五十年的阿明。阿明认出了小玉,也看到了小玉现在的幸福。而他只能在轮回道上等五十年，期限到了，他决定将阿九因家仇而了断的前尘往事告诉小玉，并幽幽地说，知道阿九转世后幸福，他就不再等下去了，他等她的目的原是为了带给她幸福……起初，小玉并不知道阿九是她的前生，听了阿明的故事，她有些恍惚，说："茶凉了，我再去给你续上吧。"她去房里续水，蓦地望见自己的前世，想起阿九死前在阿明怀里时说的话："来世，你若不再认得我，我就说，你的茶凉了，我再去给你续上，你便知，那人便是我。"她追出去，可阿明已随风而逝。"幽幽春夜，千年银杏，一壶温茶，一盏油灯，一对隔世离空的恋人。"这是我在《莫待来世》里对电影《爱有来生》的总结。那壶茶，是足以让人黯然神伤的电影道具，我更想知道，小玉给阿明沏的是什么茶，绿茶？红茶？抑或花茶？

说起花茶，我的眼前顿时浮现出北京顺义欧菲堡酒庄的海嫫姐的模样。海嫫是我鲁院高研班的同学，山东人，北人南相，娇小玲珑。现居贵阳，与家人、朋友合开了茶楼，由此成了一个懂茶的女人。我不知她的优雅是与生俱来，还是学会沏茶以后变得更为优雅。那次，她拿出随身携带的茶具，为我们泡起正气堂。正气堂是普洱的一种，装在小巧的莲花白瓷茶罐里，格外有感觉。她还变戏法似的取出一朵大大的、风干却未褪色的红玫瑰，放进盖碗里，正气堂被压在花的下面。她开始娴熟地泡茶，玫瑰被开水击中，缓缓醒来，娇嫩慵懒，像原来开在枝丫间的样子。她把案前的八只小杯沏上刚泡出的茶，我一闻就醉了。彼时的海嫫着无袖红花旗袍，端庄而典雅，盖碗里的红玫瑰很像她。旁边的男同学望着她优雅的泡茶姿势，连连笑说："心乱了，心乱了。"

海嫫不是第一次泡花茶给我们。她的花茶跟我们平常泡的花茶不一样，不只是在普洱里放朵杭白菊，黑茶里丢两朵野玫瑰。她的昔归茶花任意搭配红茶、绿茶、生普，搭配任何一款都是不一样的感觉与味道。她还有一种莲花也可以与茶配上对，经特殊工艺做成的莲花，像仙子一样被茶水冲开，栩栩如生。那一刻，喝茶，哪里仅仅只是喝茶呢！

花茶并不属六大茶类，属于再加工茶。除却常见的茉莉花茶，安化的茶叶专家还研制出一种女人"御用"的"黑玫瑰"，黑茶配玫瑰。到北京后，听当地同学说，老北京素来习惯喝茉莉花茶，喝茶没有南方人讲究，更没海嬷讲究，他们喝花茶，就像满街的人喝牛二（牛栏山二锅头）一样，还美其名曰"北京茅台"。

七

南方人穷讲究，不仅仅讲究吃穿，也讲究喝茶。成都大街小巷的茶馆，是寻常老百姓的好去处，泡在茶馆里，人手一杯盖碗茶，最便宜的五块钱一杯，也喝得津津有味。那次我在贵州赤水边的古镇，也看到这样的茶馆，四人围坐一小方桌，人手一杯大盖碗茶，我笑问："多少钱一杯？"他们告诉我是五块。果然是五块呢！我又问："喝的什么茶？"有人羞涩地答："就是本地的清茶呗。"我那时已经知道清茶是什么茶了，就是普通的绿茶，很难有清茶就是青茶的。

绿茶最珍贵的自然数明前茶。因为芽头的金贵、采摘的难度，使得其物以稀为贵。一般人倒爱喝谷雨茶，谷雨期间的茶叶不那么娇贵了，价格不那么昂贵，耐泡且有回甘，可以走入寻常百姓家。

我也爱喝红茶，尤其爱喝滇红与闽红系列正山小种里衍生出的极品——金骏眉，但网上说，一般人买不到正宗的金骏眉。也是那位书法家师兄，送过我一提武夷山桐木关的纯正金骏眉，跟单丛一样，都成了我的宠儿。滇红里的大雪山野生古树红茶口感极佳，喝起来回味悠长，可惜不耐泡，而金骏眉刚入口时是复合型香味，比滇红耐泡。红茶，总是容易讨喜，不管是否会喝茶的人，喝到红茶，都能一下子感觉到它的好喝；而凤凰单丛，是需要慢慢感受的，不常喝茶的人，一时半会儿真是品不到它的好。这跟品人是一个道理，有人会让你一见如故，有人需要慢慢深交。

会喝茶的人，每次品茶，都感觉在品尝不同的人生。至于禅茶一味，那又是另外一种境界了。

有些人不习惯独自品茗，我却喜欢。这几个月，无课时，我总是一个人端坐窗前，用玻璃盖碗冲泡不同的茶，把心情冲泡进茶里，混合着细品。当然，也用玻璃茶壶煮黑茶或白茶，好几次，有感冒征兆，都被我及时用"一年茶、三年药、七年宝"的老白茶挡回去了。

北京的春夏蓝天白云阳光居多，独自一人喝茶时，也可以看看窗外风景。鲁院的花事，从三月迎接我们的白玉兰、辛夷，到梅林里千姿百态的梅花，到伫立池塘一角的芍药，到池塘对面的紫丁香、白丁香，到南门人行道上的紫桐花，再至眼前开得正好的睡莲，你方唱罢我登场，从未间断。这些花儿轮流陪着我喝了一道又一道的茶，让我在茶里，从容地找家乡的味道、云南的味道、福建的味道，还有江浙的味道……令我在茶里就能纵横天下，踏遍南北东西。

写完一本茶书，见识了无数好茶，懂了禅茶一味，懂了如茶人生，也懂了进退自如。实质上，我对茶，还是似懂非懂，如半罐子水晃来荡去，我经常现学现卖，好在尚能藏拙。小二说，我们班上，最懂茶的算海嫫姐，其次是他，再次是曹同学，第四算我，我心悦诚服。

每每出门旅行，我习惯带着那套小茶具。一歇下来，要是集体出行的，我都约上三五好友来房间喝茶，让茶，随时随地都能荡漾开去。比我更不懂茶的文友觉着稀奇，我那远不如海嫫的泡茶姿势，竟也成了他们眼里的风景。苏东坡有诗云："从来佳茗似佳人。"那么，泡佳茗的女人，总能成了旁人眼里的佳人，便不足为奇了。

茶与故人

早春，"老舅"，碣滩一号

知道碣滩茶，是当年有人送了一套"怀化四件宝"给先生阿伟。家里那会儿没人爱茶，更没人懂茶，茶就搁着，我担忧着它的保质期。正巧一位湘籍旅京文友嗜绿茶，我想起"四件宝"里的沅陵碣滩茶，便带了它做见面礼。文友很快反馈："你送的茶真好，颠覆了我对湖南绿茶的印象。"

那时我没去过沅陵，不知它身处神秘的北纬30度附近，更不知"中国十大名茶"只有安溪铁观音不在这个纬度带上。年轻时听说过龙井、碧螺春是名茶，却没尝过，在我眼里，它们不过是传说。

2015年，我接了写一本关于湘茶的书的任务，不得不到处找资料，夜以继日地赶稿，与三湘大地林林总总的茶在书里相逢。等到书成，自己彻底沦为茶客。在搜集资料的过程中，我发现碣滩茶的原产地在北溶，而北溶是英年早逝的本土诗人邓友国的老家，是他在诗歌《家在水下》里提到的千年古镇。我至今仍能想起他在钟坡山上激情四射的朗读：

> 家是回不去了，家在水下。有鱼在守候着
> 像守着祠堂里的牌位一样，我们都成了鱼的祖先
> 东家的长，李家的短，被鱼们当成野史
> 在戏台上反复上演。唐溪桥登台，溶溪桥下台
> 一曲《蝶恋花》，让所有的鱼潸然泪下

沈从文笔下"美得让人心痛"的沅陵，邓友国笔下永沉水下的北溶镇，都是白纸黑字的诱惑。而北溶在摄影师的镜头里，突兀的山峰早被水与雾环绕成若隐若现的山头，座座山头栽满茶树。五强溪水库的修建，令一些原住民永失家园，但碣滩茶却因水面的抬升，仙气更足。

我一直不太明白，邓友国在世时与我们交往甚密，请吃过很多次饭，为何从没请喝过一次他家乡的碣滩茶？

因而，碣滩茶于我的记忆，不是邓友国，是一位我称呼为"老舅"的人。

那年我刚抵京半个月，就读于鲁迅文学院第二十九届高研班。"老舅"突然在微信里找我说话："四儿，在北京习惯吗？"我说："很好，每天下课后就在窗前喝茶，外头是小池塘和梅园，还有好多玉兰。"

他笑道："那是神仙日子呀，珍惜这次学习机会！这样，你给个地址，给你寄个茶过来。"我窘了，说："不用，不用的！"他忙道："是碣滩新茶。"我一听"碣滩"二字，客气也不讲了，赶紧将地址发过去。第三天收到了两提特级碣滩一号。那时不懂碣滩一号是何意，只断定其为明前茶。即便普通的高山云雾茶，只要是明前茶也金贵得不得了，鲜叶均为芽头或者一芽一叶初展，光想着那些鲜叶就够你咽口水的了。

我打算用家乡的明前茶撩拨一下北方师友的味蕾，便将两提茶散落四方，自己留一小盒，班上爱茶的同学都尝过。在 401 朝南的房子里，

我看了四个月花开花落，也常会挑一个没课的上午，泡上一杯碣滩茶，看着细腰袅娜的干茶被80℃的农夫山泉挟裹，在水里上下舞蹈，最后彰显她原本在枝头的模样——完整的叶芽，像极了十五六岁的女孩，清冷与妩媚交织的气息扑面而来。抿一口，甘洌之后略有微苦，不同于江浙绿茶的甜香柔媚。

据说碣滩茶是用中间细、两头大的竹笼，将鲜叶铺在竹匾上，下面用炭火、松杉枝烧出特有的松烟香来烘……半烘半炒出来的碣滩，便有了"南蛮之气"。它虽未跻身十大名茶，但因其地处北纬30度附近，跟同纬度的江浙名茶比较起来，既有相同的鲜爽，又有不同的气质，如同江浙女子与湘西女子的区别。

盛夏，我回到湖南。"老舅"给我和从西藏归来的两位老友接风。席间，我跟他提起碣滩茶。他笑曰："茶要送给爱茶人，我不是在扶贫吗？茶场送了我新茶，我不怎么会喝茶，就想到送你。是你小舅妈亲自去寄的顺丰快递。"

"小舅妈"是他美丽的二婚的妻，工作单位和家均与我家数步之遥，可自他的婚礼后，我没再见过她。

初秋，他九十高龄的母亲去世。我和阿伟驱车回小城奔丧。他忙完丧事，约原班人马聚了一次。十二月初，我着急去趟小城，连夜求助万能的微信朋友圈。夜深，无人回应。次日一早看到他发的私信，说正好去小城，接我一起走。

他办完事打我电话说："你忙完我来接。"我说："我还得去几十公里外的派出所。"他忙说："那我送你去。"我怕麻烦他，忙说："不用不用，老舅您先回吧。"

大年初二那晚，我随手在微信里给他拜年，他立马发来一个大红包，我嬉皮笑脸地接了。"长辈"给"小辈"的，拿着一点不脸红。二十天之后，准确地说，2月8日，忽然看到利蓉发的朋友圈，看了几遍，才确认跟他有关,打电话通知阿伟,他竟然不信。

灵堂上,我见到了"小舅妈",当年如花似玉的她有了岁月的痕迹,她哭倒在我怀里,我也泪眼婆娑。

头一天,他在市里开大会,感觉背部刺痛,坚持开完会才去市一医医院急诊。检查未发现异常,留观一夜。晨起想如厕,一夜没合眼的"小舅妈"特意询问早班护士,护士说无碍。就在她被他推出卫生间的几秒钟后,窄小的卫生间的门,阻挡了他的生路——高个子的他一个倒栽葱,把门堵住了。而她听到"扑通"一声响时,人还没走到留观室的门口。她慌张间找人来拆门,等门拆掉,人已经去了。

她哭诉,从没在家做过一顿饭的他,开会那天中午回家,破天荒地主动为她做了一顿饭。难道人在永诀前冥冥中都有预感?他的猝死跟三年的扶贫工作有相当大的关系。本在市政府任副处级的他,被派下去当扶贫队长,人家扶贫扶一年,他扎根基层三年。女儿初三关键期,他才决定回城。

小城的旧人一拨又一拨地来,大都多年未见,都在说着"老舅"的好,他的仗义、宽厚、孝顺,他对所有人的种种好……可天老爷为何总收走好人呢?有人还感叹,他的老母刚走几个月,他便尾随而去,难不成是担心母亲在那边孤单,着急去尽孝?

人到中年,见面最多的地方,竟然是殡仪馆了!这真是让人难受的事。

又至清明,与一位资深茶人闲话保靖黄金茶,她说市面上的黄金二号三四千元一斤,跟沅陵的碣滩一号有得一拼。碣滩一号?"老舅"给我送的不就是碣滩一号?

"老舅"送的茶早已被我送光,我留的那点在学校就喝完了,唯留图片在朋友圈,成了萦绕在心的余香。自新疆归来的某晚,我意外地梦到"老舅"和"小舅妈"。"老舅"英俊依旧,"小舅妈"甜美动人,他们恩爱如初,哪来的天涯永诀?

可梦醒,茶不再,人不再。

"老舅"并非我母亲的弟弟,只是长我七岁的家乡兄长。我和先生与他早早认识,路遇会寒暄,但到了市里才渐有交集,因为他的外甥女锐是我俩高中同学,他便以老舅自居,把我当成他的外甥女,而我很自觉地把他当成了亲人。他去世时,未满五十四岁,"小舅妈"刚过四十。

2017年,我没喝到碣滩一号,也永失一位叫"老舅"的亲人。

若有一天与碣滩一号重逢,我是否会在它甘洌后的微涩里,想起"老舅"那张帅气阳光的脸?

盛夏, 桃花诗人, 水蓝印

收到那饼茶前,我丝毫没有"水蓝印"的概念。坦白说,茶文化博大精深,茶种类琳琅满目,能分清楚六大茶类、生普熟普、"三尖三砖一卷",以及明前茶、谷雨茶、白露茶,就算略微懂点茶了。

那饼水蓝印是张铧老婆陈姐送我的。张铧是我当年在毛泽东文学院的同学。2013年春,他突发脑梗,保住一条命,成了植物人。

2017年桃花初开,我偶识贵州籍医生李忠实。忠实热爱诗歌,听说我搞写作,对我格外尊重。他曾用针灸治好植物人,我就想起麻阳的张铧,以为天意来了——桃花开了,有"桃花诗人"之誉的他也该醒了。我将这个好消息告诉麻阳作协原主席焦玫。几经周折,陈姐与我联系,愿意试试针灸治疗。

第一次陪忠实赶到麻阳,已是下午。县城民居一度是极流行单门独院的,张铧家也不例外。在一条背街小巷里,我首次踏进他三层楼的家。陈姐出来迎接,沧桑间仍见标致。我握住她的手,一时间百感交集。她是知道我的。准备上二楼时,一位八十大几的老人颤巍巍地走过

第二辑 人在草木间

来，她忙告之，这是张铧母亲。我赶紧打招呼，老人目光空洞，原来老人患老年痴呆好几年了，不知儿子已是植物人。在二楼，张铧帅气的儿子迎出来，眉目间有父亲的影子。陈姐告诉我，她的孙女才几个月，过年前儿媳回来生孩子，小两口就从广东辞职回来，打算过一阵子出去工作。

张铧躺在床上，脸部肌肉有些扭曲，嘴斜着，右眼呆滞，左眼充满红血丝，不停地动着。陈姐说，那年发病，把右眼冲坏了。说实话，五年不见，我已经不认得他了。他不再是斯文柔弱的老师形象，不再是走路怕踩到蚂蚁，说话怕惊动蚊子的模样。

陈姐对他喊道："亦蓝来了！"他没有反应。

忠实观察了张铧的四肢，摇摇头，说要恢复不容易，但他有点意识，扎针试试。捻针十分钟后，张铧冰冷的四肢渐有温度。忠实又开始帮他火疗与轻柔推拿，血色慢慢爬上他原本苍白的脸。陈姐与孩子高兴得不知该怎么表达，他们决定让张铧接受治疗，指望能发生奇迹。

我听到自己心碎一地的声音——多年前给我送过鸽子的文友，多年前跟我同过四十天学的文友，再也不能开口跟我说话。

陈姐还原他当年发病的过程：生病前一点症状都没有，那晚他说饿了，自己去煮面，还问她吃不吃，吃到没两口，便突然发病了。

我知道张铧烟酒不沾，但早有高血压。他生病那年，四十八岁。

又过了一周，我和阿伟开车送忠实去麻阳。这一次，忠实问张铧："认得她了吗？她是你同学亦蓝呀！"张铧右眼还是空洞无神，左眼照旧不停地转动。陈姐冲他说："你要是认得亦蓝的话，眨眨眼。"他真的就眨眼了！眼角还流出了几滴泪，嘴没有上次的歪。

那次告辞时，陈姐执意塞了一块七子饼给我。我不要，她急了，说："你对张铧这么好，送其他的东西你更加不会接，知道你爱茶，正好儿媳带回这饼茶，朋友送她的，我们也不知好坏，你别嫌弃。"

我对张铧好吗？往事一幕幕重现。对他，我一直爱理不理，嫌他迂腐天真。2007年春天我们在黄岩笔会相识，他开始把我当妹妹，每次麻阳搞笔会都特邀我。一年后我们成了同学，他也兴奋地说："妹妹，到了学校，你要陪哥哥散步喔！"我不置可否。到了学校，我有意识跟他保持距离，而他对每一个人都很好很真。有一段时间，他天天给衡阳的女诗人灵送早餐。他们是多年文友，慢慢地，这件事被她室友笑话，传到我耳里。为了避嫌，他拉我垫背，也开始给我送早餐，更是在真心话游戏里宣称在班上最喜欢我，理由是，我是他妹。而我，听几回传言后，对他愈发嫌弃起来，还认真找他谈了次心，说："我知道你没别的意思，把大家都当妹妹，但要有个度，别羊肉没吃沾一身骚，别人背后笑话你呢！"

不知我的话是否伤害了他，结业后，我们来往少了，他不再像孩子似的三天两头在QQ找我。一次，他找我，说："妹妹，我怎么不是你QQ好友了？"我心想，贼喊捉贼吧？便没好气地说："那不是你删了我？"他很委屈，说："真的，好多朋友不见了，你重新加我好吗？"我一口回绝道："不加。"他只好沉默。那会儿，我还偷着乐，想，你个"贾宝玉"，终于可以不烦我了。

后来，我才知，想让他烦我，也没机会了。

他认出我的那一刻，那行泪，是对我的怨吗？不，凭他的善良，不会的。他在中学当老师，爱写诗，爱幻想，喜欢美好的万物，包括女人。但是他的喜欢，没有侵略性，人畜无害。可我比他世故，觉得他傻乎乎的，有着与年龄不符的天真。

忠实说，后来出诊，他每次给他念他诗集里的桃花诗。他写了一百首桃花诗呢！薄薄的诗集，摆在我家里好些年了，我从没认真读过。忠实又说，有次给他念诗，还故意打趣问他："你这首诗写给谁的？好像是情诗哎，是不是瞒着嫂子喜欢过别人？"他居然露出一丝羞涩来。

他的状态一天比一天好——嘴不再歪，有说话的欲望，有次还喊了三声儿子的小名。家人看到了希望，我们也看到了希望。我在朋友圈发布他的情况，无数同学、文友都替他高兴，以为老天终于开眼了。

回家当夜，我仔细研究了那饼茶，那上面写着：7572 水蓝印，1996年，中茶勐海茶厂出。我不懂水蓝印是什么意思。

一个月后，我决定开喝此茶。我用在铜官窑"泥人刘"那里定做的柴烧壶泡茶。红亮的茶汤，有入口即化的绵润，跟往常喝过的熟普有很大的不同。我在微信朋友圈晒图，两个卖茶的朋友马上私我说："你那是好茶。"我问："怎么个好法？"他们笑了，说："值钱，小贵。"阿伟开玩笑说："你喝的哪是茶，是钱哪！"我白了他一眼，说："真俗，不流入市场，不存在贵贱。何况，这喝的是情。"

所谓的水蓝印，因其外包装上的"茶"字是水蓝色而得名。"7572"本是勐海茶厂的熟茶标杆。这些年，这饼茶跟时光耳鬓厮磨，早已成精，不好喝就不正常了。

我在水蓝印里喝到了桃花的味道，喝到1996年云南春天的味道。我写道："桃花都过了，你快醒来吧！"忠实信心满满地评论："会醒来的！"

忠实一共往返麻阳七次，我陪了三次。张铧有了意识，认得人了，肌肉组织和神经系统也逐渐在康复，肌肤恢复了弹性，每次我都明显感觉到他想开口说话，但舌头却转不过来，我看到了他的着急。南方的早春阴冷，每次在高速路上来回奔波，很累，但想到一天好过一天的张铧，我浑身便像打满鸡血似的。我还想着，这饼水蓝印得慢慢喝，很快张铧就能彻底醒来，能说话，说不定还能一起喝茶了！

忠实回东莞厚街了，他的店需要打理。我担心着张铧，忠实说，都安排好了，继续服他开的药。一个月后，忠实又告知，张铧的儿子儿媳回东莞上班，也在厚街。他顿了一顿，欲言又止，终于还是开口说道：

"陈姐也跟来东莞带孩子了。"

啊,张铧怎么办?他说:"我也劝陈姐不能离开,现在正是张铧恢复的关键时期。可陈姐说,孩子请不到人带,张铧的病情反反复复,干脆请个保姆伺候他和他老母,等他好转,再接到厚街继续扎针治疗。"

我问:"张铧愿意?"忠实说:"张姐特意问过张铧几次,他点头答应。"

木已成舟,我能说什么呢?

我的担心没有多余。6月6日下午,我跟阿伟正在小城的殡仪馆参加同学贵贵九旬老父的葬礼,随手翻朋友圈,焦玫的一则讣告让我目瞪口呆,讣告后跟着一张张铧的生活照片。忠实不是说他在一步步好转了吗?焦玫也很难过,说:"听说是机能衰竭。"我立刻质问忠实:"怎么回事?"他黯然道:"说了他身边不能离开亲人……"

刹那间,我对陈姐有些埋怨——四年如一日的伺候,都做得那么无怨无悔,怎么突然间就把他一个人留在家里?孙女重要,老公不重要吗?

我自然不会去质问陈姐,他们正连夜往麻阳赶,她的心肯定比我更痛。生活中有太多不能两全的事情,谁都不是圣人。

机能衰竭,这个冷冰冰的专业术语,说到底,恐怕是张铧自己放弃了。家人累了,他也累了,坚持不下去了。如果说四年来他靠某种信念活着,那么家人都不在身边,对他来说等同于彻底绝望——他历来懦弱善良。康复遥遥无期,全靠陈姐喂流食、擦身子维持生命,他习惯了家人在身边。而保姆除了护理,没耐心也没义务陪着自己说话。他本是敏感细腻的诗人,当感觉自己无能为力了,恢复不了,便再也不愿拖累亲人了!

我没去麻阳参加追悼会,只托焦玫带了礼,同学林溪也唏嘘着带了礼。人死如灯灭,我那会儿不想见陈姐,偏执地以为是她放弃了他。

他去世后好些天，我天天和着泪水喝水蓝印。水蓝印像极了张铧，慢性子，醇厚绵长。慢慢地，我在水蓝印里还喝出了陈姐的味道，如玉般温润，中国传统女性的善良与坚韧在她身上俱存……我还有什么理由埋怨她顾此失彼？换作我，能做得比她好？张铧的自我放弃，何尝不是因怜爱自己的妻子？

总记得那个场景：春雨蒙蒙的下午，陈姐追出来，将水蓝印塞在我怀里，我推出去，她塞进来……她脸上的光辉，像极入口后的水蓝印。突然间，我理解了他们一家人。

晚夏，同学，老挝生普

我刚从半坡国际艺术区出来，挨着墙的绿化带里的花草都蔫蔫的。夕阳在我身后出奇的沉默，文友瑜娟的抽象画还在我脑子里翻腾。忽然接到阿伟的电话，我以为是平常的寒暄。

起初确实只是寒暄，挂电话之际，他顿了一下，说："还告诉你一件事，你暂时别说出去。"我紧张起来。他沉默了一会儿，仿佛酝酿着什么，然后平地起了惊雷，他说："欧阳死了！"我脑子"嗡"了一声问："哪个欧阳？"他说："令公啊！"

"他不是去呼伦贝尔了吗？"

"是啊，刚下飞机到酒店，还在大厅，就出问题了，送医没抢救过来。"

我瞬间想看清置身的城市，回过头，只看到了孤单单的夕阳。我忍不住立刻打电话给发小白莲，她的反应比我还激烈。

是的，欧阳是我们共同的发小，是初中被起外号为"杨令公"的发小，高中还是同学的发小，他，突然就没了！

等回过神，我已端坐市政馨苑二十七层一间有落地窗的茶室。简陋的茶桌上，一壶 1996 年的生普正酣。赠茶的，是那套屋子的主人，我的大学师弟。孩子去他公司实习，暂住那。当天早晨他打电话跟我讲："屋里有箱老挝的古树茶，师姐，你拿一块喝。"

落地窗外，只有几幢黑压压的高楼，看不到月，看不到远方，只有高楼间的一小块夜，被裁剪得工工整整。

手忙脚乱间翻出师弟的茶。普洱茶砖是典型的笋壳茶，即用箬竹叶将茶包装成砖的形状，每包 250 克，用铁丝绑着，简陋间望得见当年的岁月。老挝挨着云南勐腊，有着媲美易武茶的野生古树茶，便是情理之中。

手边的生普，汤色跟熟普一般红亮，喝下去，仍不如上了年纪的水蓝印柔和。再陈的生普，都会残留最初的生猛鲜活劲，那是岁月磨砺不掉的野性。不过，生普的魅力，也正在于其口感的层次多变，每一泡都是不同的感觉。

孩子回来了。我跟他说："我得提前回家了。"他不解，问："不是说好，在西安再陪我几天吗？"我开始哽咽，说："欧阳叔叔去世了，我必须提前回去。"孩子睁大眼睛看着我，他眼神里的惊诧真实而清晰。对年轻人来说，死亡是多遥远的事！

他懂事地悄悄回睡房，留我孤坐在落地窗前，把玩手边的茶。那壶陈年生普，那壶来自异域的古树生普，耐泡到出乎我的意料，它善解人意到令我吃惊——仿若它早知道，那夜，它注定以伴侣的身份陪我熬过那茫茫长夜。

我发朋友圈，写了一句：今夜无眠的人恐怕不止我一个。同学军在下面打着哭脸，留下一句：不说，不说……

我一直在想，若没有我一家三口的呼伦贝尔之旅，三年后欧阳客死海拉尔的可能性会降到零？当年，我在朋友圈的晒图晒文，被他记在心里，年年念叨着要去呼伦贝尔。

欧阳早年供职于市建筑设计院，单干后将公司的业务打理得红红火火，每年会带员工去旅行。他跟我说了好几次："呼伦贝尔，我一定得去一趟。"

他戴眼镜，高大稳重，有着天蝎座隐蔽的激情。每次外地同学回怀化，他都主动出来安排豪华饭局。军是同学会会长，负责用电话、短信、微信等各种方式轰炸出在角角落落的同学。饭桌上，欧阳常悄悄嘱咐我："老同学，你出书缺钱，跟我说一声，我帮你赞助！"要不，他跟我的话题就是呼伦贝尔。

我自新疆归。在长沙中转高铁，发现白莲两口子跟我一趟车回怀化。那夜，同学贵贵做东，我帮几个男生合影，欧阳站在最中间，左边搂着白莲的先生，右边搂着贵贵，阿伟和军各一侧，六个男生像齐声喊着茄子一样，笑得合不拢嘴。次日欧阳大摆一桌，又合影。谁承想，那是他最后一次请同学的客！

没几天，他来找我要当年那篇游记，说当旅行攻略。我笑着说："终于决定去了呀！"他解释道："计划了几年，被各种事务耽搁，今年一定要去了！"他在几个旅行社里比较，想给员工一场完美的旅行。

他出事前十天，我还接到他的电话，还是关于呼伦贝尔的事。他要我通知旅行社的那位熟人，去他公司竞标。十天后，我在遥远的西北，他飞到更遥远的海拉尔。来不及踏上他梦想了多年的大草原，还在医院挂着第二瓶水，一句话没留，他就走了！

那夜，我用高德地图丈量着我与他、他与家乡的距离：海拉尔距西安，最短距离2460公里；他与怀化的距离3217公里。他在东北，我在西北，我们的家乡，在中南。

回湖南的前两夜，我都用那款生普遥祭魂断海拉尔的他，那个再也睁不开眼的他。茶汤红得像滴血的心。

按说，一位同学的猝死，不至于令人过分伤心，但那次伤心欲绝的，绝对不止我一个。我与欧阳从无情感纠葛，算得上是军所说的"青梅竹马"，而且是集体的青梅竹马，白莲、瑛、军及他，四个教师子弟，都跟我初中同班。成绩好，个子高，大鼻子，白里透红的肤色，这是他留给我的少年印象。初中三年，他基本跟我同组，坐我前面，总是埋头做功课，很少参与熊孩子的是是非非。而彼时的我与白莲，是假小子。白莲自封霍元甲，而欧阳因帮着班长兰说过话，他俩被同学们封为香港电视连续剧《陈真》里最龌龊的阿福、阿香。我写过一篇回忆初中生活的小文，在同学间广为流传。那年盛夏，高中同学回母校大聚，已是省城某局新闻发言人的兰上台讲话，她不点名提到我这篇文章，自嘲被女儿取笑自己中学时代的失败——小大人，不讨喜。

欧阳被同学们引为笑谈的还有一桩事。他去长沙出差，同学小聚，席间谁开玩笑道："当年你肯定暗恋兰！"哪知，较真的欧阳当着兰的面，发誓道："如果我暗恋过她，我不得好死！"换任何男生，当时肯定半推半就胡乱应着，都陈芝麻烂谷子的事了，谁当真？那次，兰讪讪的，后来好几次不肯参加聚会。笑谈传回怀化，同学问欧阳，他还是一本正经地回答："我确实没有喜欢过她啊！"

少年时被称作阿福的欧阳，中年时，在事业红火得让人嫉妒羡慕的时候，命运突然跟他、跟他家人、跟同学们开了一个天大的玩笑，他哪里有福了？他儿子考入上海某大学却不肯去，执意复读，父亲的猝死会否影响他来年的高考？儿子被母亲从长沙接到灵堂时，酷似其父年少时的模样的他突然爆发出的哭声，震痛了灵堂里的每一个人。

我赶回怀化的第三天，他的骨灰自海拉尔回到了家乡，二三十个同学自发约去高铁站接他，声势浩大得像迎接贵宾。赶回灵堂后，大家迅速各就各位，这时候，发挥同学作用的时刻到了。我被安排登记来宾账簿。

安置欧阳骨灰的灵堂，竟是年初安放"老舅"肉身的那间。我不禁泪如泉涌——同一处，同一年，送两个亲人般的挚友，这种痛，一时间找不到准确的言语来表达。

迎来送往间，瞥见太多早生的华发。生命的脆弱与无常，令人恍惚与忧伤。

感冒未愈的我在灵堂待到晚上九点多。次日，病来如山倒，我爬不起来了。阿伟在灵堂守了三天两夜，我在家闷了两夜三天。

欧阳出殡的那天中午，阿伟回家。他疲惫到说话都有气无力。近年欧阳与他走动最密，常约我们一起踏青、喝酒。他的猝死给了阿伟沉重的一击。阿伟自责，如果他和贵贵都答应一起去草原，有心胸外科主任贵贵在身边，说不定欧阳的命能保住。贵贵闻之，总是如禅定一般，说："生死由命。"

阿伟想喝茶。我忙不迭地取出老挝生普，从笋壳里撬出一小块，丢进铜官窑的盖碗中，用滚水洗茶、泡茶。一不留神，水在盖碗里多闷了几秒，出的汤，比在西安那两天的浓。不善品茶的阿伟啜了一口，皱了眉。我忙解释道："茶叶放多了。"给换了别的茶。

师弟说那茶金贵，我不舍得倒掉，便独自将浓茶饮尽，继续泡、继续喝。终于喝到心慌意乱。我不由得起身，在客厅里乱窜。窗外明晃晃的阳光在看我的热闹，窗台上的吊兰也诡异地冲我直笑。我坐下，起来；又坐下，又起来。阿伟诧异道："你怎么了？"我语速加快，说："心慌得很，会不会心梗？你给贵贵打电话问问。"他扑哧一声笑了，说："别小题大做。"但还是拨通电话，贵贵让我接，说："欧阳死于心梗，你就以为自己心脏也出毛病了？哪有那么多心梗，用不着来医院！"

可我从来没有过心悸。有夜喝新生普，醉了茶也没这般难受。阿伟只好带我去对面诊所，量血压、看扁桃体。医生说："感冒差不多好了呀，没啥炎症，心率确实有点快，到110了，不放心就去医院验个血，就怕感冒引起心肌炎。"我忙拽着阿伟，去最近的市一医院。贵贵带着孩子来急诊大厅看我时，我正忧愁地等着化验结果。他逗我说："你气色这么好，哪像有病的样子，没事的。"

化验结果出来，没心肌炎，只是缺铁性贫血。嗜茶如命的这几年，这病悄悄缠上了我。之后大半个月，我失眠、心慌，一到晚上就不晓得怎么熬，好几次不得不一个人跑到客厅，开着灯躺在沙发上，撑到凌晨四五点才能昏昏入睡，梦里，还尽是欧阳笑容满面的样子。

朋友看不下去，认为我在灵堂碰了邪，劝我找风水先生化解化解。我真托人找了一位先生，帮烧了我的一套旧衣裳，然后说没事了。

可能真是心理作用，我的心神安宁了，可严重失眠的痛苦还是缠着我。而往年，我是倒床就能睡的。恰有一家本地药厂董事长慕名找我，送了灵芝口服液，嘱咐我天天喝，才令我摆脱那段噩梦般的日子。

从此，我疏远了那块老挝生普。怕一喝到它，便想到原本跟它扯不到一点关系的欧阳。

生命的无常和莫名其妙的那场病，使我不再自恃身体健康。欧阳亦无心脏病史，但长期应酬，使他的身体始终处于亚健康状态。远赴呼伦贝尔前，凌晨赶飞机时他出现腹痛，却不想扫同事们的兴，便没留在长沙就医，等咬牙坚持到海拉尔，已无回天之力。

2017年仿佛是天老爷收人的年份，从"老舅"开始，到贵贵老父，到张铧，再到我自己的大舅，最后到欧阳……身边的朋友与至亲，一个接一个，没留下只言片语，便永诀尘世。对生命的敬畏，让我不敢也不愿正视这谜一般的世界——物质世界里的我依旧正能量，缺铁性贫血却还在喝茶；精神世界里的我好像也富足，心里珍爱着每一个朋友。

我知道，天堂里的故人都在遥望我们、守护我们，也警醒着我们。

人心太小，盛不下一个又一个撒手远走的人，且将之一一安放在相关的茶里吧。在不同的茶里，怀念不同的人，每次都能看着他们，从各自的茶里，向我款款走来。

走在春天的茶香里

湘西土家族苗族自治州扶贫办的筱华姐说："今年黄金茶采得早，我带你去茶山走走！"就这样，那趟绿皮火车，把我捎到了早春的吉首。

三年前，我在吉首结识了筱华姐，认识了向天顺——隘口村支书，辞了公职回乡种茶的湘西黄金茶非遗传承人。有着数株古茶树的苗疆茶谷，正在打造茶旅小镇。

我们坐车与冷寨河背道而驰，一路挺进保靖的黄金村，去看传说中的古茶树王。站在茂盛的古茶树下，我兴奋地与它合影。茶树上盛开的白花，让人恍惚：今夕何夕？我摘下几片茶芽，笑着说："这棵茶树的茶喝不到，就尝一尝鲜叶吧。"

吉首的田间地头、山谷梯田，目之所及，皆为郁郁葱葱的茶园。田埂上，三两株紫荆花怯生生地开了，天顺说，紫荆花开了，黄金茶就可以采了。

路旁的茶园，一个年轻女子正在娴熟地采茶。女子过年时回娘家，没想到被疫情困住，干脆安心采茶。

自隘口村西行八公里，就到了林农。由几个自然寨子组成的林农，与隘口处于不同的山谷，簇拥不同的溪涧，虽隔山隔水，但因黄金茶，被整合成了新的隘口村。

林农寨的海拔要高一些，车子一直在爬坡。往西北再爬两公里，就是然灼苗寨。鳞次栉比的木屋依山而建,与古树、山林、茶园、溪水,构成了一幅美丽的图画。

从一处高坎眺望,层层木屋掩映在古老茂密的枫香树后,也掩映着数不清的故事。下午四五点钟的太阳,在山里似人生的盛年。光影下的古寨,炊烟尚未升起,鸡狗打架的响动,也好似被溪水的潺潺声和山风的呼呼声屏蔽了。

下山时,背鱼篓的老人、孩子,与我们不时相遇。路旁的李树缀满细碎繁密的白花。发新芽的古树、逆光下的芭茅草,将峡谷里的茶园衬成一片朦胧的绿色。几个苗家妇女从斜斜的小路爬上来,背的、扛的、提的,是一天的劳动成果,脸上满是欢愉。

从保靖吕洞山而来的洽比河,还有个好听的名字:夯沙。我们逆流而上去幸福茶谷,洽比河顾不上跟我们打招呼,一路往山外狂奔,急着去狮子庵一头扎进峒河。入大江大河,这是每道山涧、每条小河的理想。虽然它不知峒河何时易名为武水,又在何处汇入沅江。

我们来到云缠雾绕的峭壁前,这里是画家兼制茶人郭翔生租住的木屋。春天的溪水活泼得像小姑娘,从木屋旁轻盈流过。

走在茶园高高低低的田埂上,看见一位老人在路坎下专注地采茶。陪同我们的村支书说,这里2016年就脱贫了,家家户户都有茶园。自从栽茶有了收入,一些早年跑了的媳妇,也都陆续回来了。

晒谷坪、木屋、池塘,被青石板的小径分隔得错落有致。原来早在2016年,寨子就被评为中国传统古村落,常常有学生进寨来写生。郭总选择在此处建茶厂,定是被这里的山水迷住了——做茶、写生两不误。木屋还开辟了茶室,每天迎来送往很多慕名而来的客人。

徜徉在小路上,让人不觉有了归隐的心。在茶香袅袅的大自然的画卷中生活,该是许多人的梦想吧!

春风里飘过最早的茶香

每逢春天,总有上好的明前绿,自湘西来、自江南来、自恩施来……南茶北移的山东日照绿茶,只有明后茶,口感却不亚于南方的明前绿——林林总总的绿茶,如似锦繁花,朵朵独特,或鲜爽,或柔媚,或灵动,或霸气,或野蛮,像不同地域的女子,都有着与其地域相似的气质。

2023年初冬,一位老师突然问我:"瑞瑾,你是资深茶客,可喝过纳溪特早茶?"

我一惊,问:"纳溪?在哪?"

"四川泸州呀!"

我没有接触过川茶,不敢班门弄斧,说:"我只知泸州老窖,这款茶真不知道。"

"知道泸州好酒,竟不知纳溪好茶,那你还算不上真正的茶人。"

面对老师的打趣,我顿生探究纳溪茶的冲动。

每每品到一款好绿茶,我会下意识地去查茶产地的纬度。自从给湖南省委宣传部写过《美丽潇湘·茶事卷》后,我俨然成了茶专家,不仅弄懂了一些专业术语,还了解到许多茶的知识。从古至今,北纬30度一带时有地震、海难、火山及空难发生。这条纬线贯穿了四大文明古国,像一串神奇的珠链,串联着无数的古迹:玛雅文明遗址、百慕大三角、埃及金字塔、珠穆朗玛峰、可可西里……这里还是中国绿茶西湖龙井、六安瓜片、恩施玉露、湘西黄金茶、峨眉山竹叶青等的黄金产区……

地处北纬28度的纳溪，紧挨着北纬30度，就冲着这个，我已将纳溪茶纳入好茶一列。

但我要眼见为实，在几大品牌里几经权衡，最终选择了"翰源"，并找专卖店买了二两明前有机毛尖，还特意问清楚了，我买的这款茶，茶树品种为福鼎大白，并非最早的茶，而是三月初的明前茶。卖茶的小杨说，这款烘青绿茶性价比高，口感不错。

福鼎大白，是1984年被全国茶树良种审定委员会认定的国家良种：无性系、小乔木型、中叶类、早生种、二倍体，宜制白茶、红茶、黄茶及烘青绿茶。我长年累月喝着福鼎大白做的老白茶，对这款茶树有着天然的好感。

以福鼎大白制成的纳溪特早茶，色泽深绿，条索紧细挺直，显锋苗。用滚水烫了盖碗，将三克干茶投进盖碗，合上盖，轻轻摇香，栗香扑鼻；水温到80℃，缓缓注水进盖碗，再合上盖，快速出汤。黄绿的汤色在玻璃公道杯里明亮清透着，像坦坦荡荡的君子。啜一口，有淡淡的甜；再啜一口，似有回甘。最后细观叶底，嫩绿鲜活，像刚从茶树下掐下来那般水灵，正如唐朝诗人郑邀所感慨："嫩芽香且灵，吾谓草中英。"

翰源茶厂位于海拔680米至1200米的白节镇，茶园采用"茶林混交""林茶嵌合"等生态茶园种植模式，银杏、桂花和香樟间种在茶园，人工除草，施有机肥，做出来的有机茶成本远远高于普通茶，但喝下去的是舒心，更是放心。

纳溪茶人一直在不断探索，不断改良新品种，特早茶的茶树品种，除了福鼎大白，还有乌牛早、龙井43、迎霜、平阳特早等，目前特早茶有五大系列，包括玉笋、玉芽、玉针、纳溪红和纳溪黄茶。

所谓特早茶，顾名思义，比同纬度的茶都早发芽——当别的茶树还在寒风中沉睡，纳溪的茶树已经不管不顾地冒芽了，每年春风里，飘过最早的茶香，都来自纳溪。地处四川盆地南缘的泸州，紧挨滇黔渝三省（市）；而纳溪，因永宁河纳叙永以下诸水而得名，静伫在长江南岸。

始于周的川南饮茶之风，到汉时兴栽培，迄魏晋而大盛。四川盆地的茶及茶文化，被四周的高山阻隔。"自秦人取蜀而后，始有茗饮之事。"顾炎武在《日知录》中如是说。

《资治通鉴》载："巴、蜀相攻击，俱告急于秦。秦惠王欲伐蜀，以为道险狭难至，而韩又来侵，犹豫未能决。司马错请伐蜀。"说的是周慎靓王五年（公元前316年）的事。是伐蜀还是伐韩？秦惠王最终听从司马错的建议，起兵伐蜀，费了十个月的时间攻克蜀全境，将蜀王降为侯，任命陈庄为蜀国国相。秦国吞并蜀国后，国家更加富庶，国力更加强盛，饮茶之风也随之兴起。

一百多条粗粗细细的河流在纳溪的平坝、丘陵和低山间斗折蛇行，逶迤北上的永宁河也携着茶香，入江入海。冬不寒、春来早、夏炎热的纳溪，因独特的河谷季风气候，让福鼎大白、乌牛早等良种茶树，在纳溪的山野河谷早早发芽。纳溪最早的茶，竟可以赶在除夕早晨采摘，除夕夜里品鉴，故得名"除夕茶"；还有些茶在元宵期间采摘，叫"元宵茶"；像我买的那款瀚源毛尖，就属于明前茶了。到了三四月份，全国各地的新茶争先恐后地出来了，早已拔得头筹的纳溪特早茶，还在一茬接一茬地发茶芽。从春采到秋。

2011年12月，纳溪特早茶获国家农产品地理标志保护认证，纳溪区开启了全国绿茶行业地标品牌保护的先河；2014年，纳溪特早茶成为首批中国—欧盟互认地理标志产品；2020年7月20日，纳溪特早茶入选中欧地理标志首批保护清单。纳溪区还先后获得"中国特早茶之乡""中国名茶之乡""全国十大魅力茶乡"等殊荣。

能在一众名优绿茶中脱颖而出，纳溪特早茶靠的是历史文化底蕴，靠的是独特的地理环境，更靠紧赶慢赶、横空出世，为人们奉上新春的"第一口鲜"。

东晋史学家常璩编纂的《华阳国志》，专述古代中国西南地区地方历史、地理、人物，记录了自远古至东晋永和三年（347年）的巴蜀史事。《华阳国志·巴志》提及巴国帮武王伐纣，但《史记·周本纪》记载的是，武王伐纣有"庸、蜀、羌、髳、微、卢、彭、濮人"，并无巴人。历史的真相，有时像夜空中的星星，时明时暗，难以完全追溯。然而《巴志》中记载的"桑、蚕、麻、纻、鱼、盐、铜、铁、丹、漆、茶、蜜、灵龟、巨犀、山鸡、白雉、黄润、鲜粉，皆纳贡之"能证明，作为西周诸侯国的巴国，朝贡的物品中已然有"茶"了——彼时的泸州属于巴国，纳溪茶是否在巴国进贡的"茶"里，终是成谜。

唐朝陆羽在《茶经·八之出》中写剑南道的产茶区时，提及了泸州。剑南道，涵盖了今四川大部、云南澜沧江、哀牢山以东，及贵州北端、甘肃文县一带。

北宋文学家、书法家黄庭坚，安置戎州（宜宾）时，探访过泸州山水，也品尝过纳溪茶，他在《煎茶赋》中提及的"泸川之纳溪梅岭"茶，便是他心心念念的"二月茶"。

2012年的一则旧闻，为这段历史增添了一抹诗意：7月23日，大渡口镇象鼻村晒鱼潭的清溪河上，一块相传为黄庭坚手书的石刻重见天日。一场五十年不遇的洪灾冲刷了石壁上厚厚的青苔，露出河流湍急处石壁上的三个石刻大字——二月茶，最左侧落款为七个阴刻小字"山谷道人黄庭坚"。相传，令黄庭坚欣然挥毫的，正是附近的妙金山寺住持泡给他的那杯纳溪特早茶。

如今的纳溪，伴随着乡村振兴的步伐，拥有茶叶基地31.5万亩、休闲观光茶园87座、12万亩，年总产量2.29万吨，茶产业年综合产值实现 77.5 亿元。航拍下的纳溪茶园，像一幅幅绝美的丹青水墨，婉约大气，满目青翠。纳溪特早茶，早已是兴农、强农和惠农的闪亮名片——说起泸州，除了泸州老窖，都知道了纳溪特早茶。最近我每天早晨泡一杯特早茶，为的是寻找梦中的纳溪。纳溪的茶产业如火如荼地开展着，茶旅的巧妙融合，使得茶园成公园，茶山变金山。纳溪人在卖茶的同时，也"卖"着纳溪的旖旎风光，更"卖"着中国茶文化，这何尝不是纳溪人的荣光？

不由得想起那年我应邀到湘西吉首的经历：走在春天的茶香里，茶香浸蕴，花香环绕，身心皆得洗礼。

纳溪与吉首，皆在云贵高原边缘，皆为丹霞地貌，皆酿醇香好酒，皆出最好的绿茶。我不禁向西遥望，要到哪一年早春，我才能抵达黄庭坚游历过的泸州纳溪，漫步如诗如画的茶园，摘半篓鲜叶，做一捧二月茶？

家谱里的老家与故人

一

我迷恋上对姓氏与家族的追根溯源，源于2000年春天陪父亲去老家修家谱的经历。家谱的称谓很多，有称族谱的，有称家乘的，有称谱牒的，有称宗谱的，林林总总，就如老家谱上的每个人，有谱名，有字，有号，其实说的都是一回事。

从记事起，我就发现自己家跟周围的人不太一样。申姓在溆浦少得可怜，而且我们一家人口音也各异：祖母满口邵阳话，父亲一口龙潭话，母亲讲江口话，我们兄弟姐妹四人都说溆浦城里话。溆浦是屈原的流放地，溆浦方言属湘方言中的辰溆片，管姑姑叫嬷嬷，祖父称公公，祖母唤娘娘。我家历来管祖母叫奶奶。

祖母告诉我，是因为老家都这么叫。书本上、电影里的人也管祖母叫奶奶，儿时的我就认为老家洋气，溆浦很土。尽管溆浦是我的出生地，尽管我喝着溆水长大，但很长一段时间，我却始终未将自己当作溆浦人。

很小的时候，我内心便藏着一个不太遥远的远方——老家。那时，我以为故乡是老家，是原籍，而溆浦，充其量算我的家乡。直至这几年，我才弄清楚，溆浦才是我的故乡。因为故乡的真正定义，居然是出生或曾经长期居住，现在已经离开的地方。

上小学之前，我每年都会陪着祖母回邵阳市住上一个月。

那时，我们家住在县郊的园艺场，那是父亲当时的工作所在地。园艺场尽管瓜果飘香，但是夹在马田坪公社横岩大队与人民大队之间，等同在乡下。于是旧称宝庆府的邵阳在我眼里是一座大城市。每次跟小伙伴说起老家，我都会虚荣地讲，我老家在邵阳。好像因此跟着沾光成了城里人。每去一趟邵阳回来，我的口音也变成地道的宝庆话，兄姊常学着邵阳话逗我，喊我宝庆佬，我表面上恼，心里却美滋滋的。小学三年级开始写作文，我写记忆里的邵阳，我自以为的故乡。我用抒情的笔调回忆邵阳的广场、公园、东塔、邵水河、防空洞、祖母住的东风路以及长得像洋娃娃的文文表姐。我以为邵阳市是我的老家。

1979年，父亲调回县政府工作，我们又搬家了，搬至离县城更近的马田坪公社，那是我母亲当年的工作单位。公社当时新建了一栋四层转角楼房，我家分到一楼两间住房。

公家的九英寸黑白电视机每晚吸引着大人和小孩。

我家隔壁住的是放电影的吴叔叔一家。他家里有《电影画报》《大众电影》，那时我迷恋上了电影《乳燕飞》里的娜仁花。去年，我在怀化一位朋友家偶遇依旧俊朗的吴叔叔，才得知他是我朋友的亲叔，而他家那个比我小三四岁的丫头，当年我的小跟屁虫，如今已成为与我对面不相识却名气颇大的漂亮官太太。

十岁时，我还经常独自跑到四楼露台，用手握拳当话筒，学着歌星的样子，无限沉醉地唱电影《泪痕》里的主题歌《心中的玫瑰》……

每到夏夜，祖母就搬出竹子做的凉床，搁在家门口的空坪里。我时常躺在竹床上，数星星，看月亮，听田野里的蛙鸣，也听祖母讲故事或谈老家。我心里装着十万个为什么。祖母那时六十开外，面容端庄，一直是众人眼中的好奶奶。

刚搬至马田坪,姐姐在安江读技校,两个哥哥在溆浦一中上学,我转学到了警予学校——由中国第一位妇女部长向警予创办的小学。两年之后,母亲调进城,我们全家住进了县政府大院。从此,我成了同学戏谑的"衙门"里的孩子。

我跟祖母一直亲密无间,跟母亲却基本无话可说。我喜欢跟祖母打探家族往事,翻来覆去却只听说一些相似的皮毛。后来,祖母告诉我除邵阳之外的另外一个地名——太平,祖母说:"那是你爸爸真正的老家。"再后来,她提到水东江。我有点失望,我老家不是邵阳市的!我们几兄妹随父亲,户口本上的籍贯一栏里明明填着一个共同的地名——湖南邵东。我还是有些迷糊,缠着她问,老家到底是邵东太平,还是水东江?她也说不清楚。后来她告诉我,爸爸的老家挨着衡阳,那里有两大姓,申姓与曾姓。当时我暗恋着的男生老家正好是衡山的,我便不再嫌弃老家是一个小地方,我觉得怎么会那样有缘呢,我和他竟然是隔壁邻居。

没有网络的年代,一切关于老家的印象都源自祖母的只言片语,就像无数碎片掉在风里,我总是试图一一拾起,再细心拼凑。可是我从来就没有拼出过老家的样子。

后来,我终于弄明白,祖母从没去过父亲的老家,父亲也只是儿时随他叔祖父清明去给祖先挂过几次青。

曾祖父两兄弟当年并不住老家,都住在邵东魏家桥。祖母姓魏,娘家就在魏家桥。身为木匠的曾祖父不知哪年迁徙到魏家桥谋生的。

祖母不曾抵达过的老家,那个叫水东江或者太平的地方,到底是怎样的模样?我在心里揣想了很多回。

二

2000年清明前夕，在祖母的多次催促下，我陪父亲回了趟邵阳市。刚到邵阳，我一脸茫然：这是我童年记忆里好大好大的城市吗？逼仄的商业街、拥挤的邵水桥……童年的痕迹再也寻不见，就连陪同我逛城的表姐文文，虽然依旧美丽，也远非儿时模样。我还陪父亲去探望了他的一些故人。矮旧的厂区家属房让人心生绝望，据说有些下岗的职工靠捡菜叶过活。而我记忆里石姓小叔所在的工厂有电梯，有很大的厂房呀！

带着对邵阳城的失落感，我们坐中巴往东，回到我想象了千百遍的老家邵东县。撤区之前，水东江是归佘田桥管的，经过佘田桥时，父亲特意提醒了我。邵东基本上是一个乡镇有一个集中的产业，比如廉桥的药材市场、仙槎桥家家户户有的小五金作坊，水东江则是一处木材集散地，难怪，镇上不时见到一堆原木或杉方。邵东田少人多，邵东人成了"湖南的犹太人"，全省乃至全国各地都有邵东人的身影。在怀化，从最富裕的企业家，到最底层收破烂的，都有邵东人。

水东江看起来比较富裕，周边田野开阔，蒸水河悠悠而过。老街北面，有座弧形的九孔古石桥，横跨蒸水，曰太平桥。据说始建桥者为水东江人氏、清朝官吏曾春生。曾公家道殷实，好善乐施。1869年，他卖掉三十亩水田，历时五年建成一座五孔石桥，造福一方百姓。修成一年后，他积劳成疾，去世了。一百多年间，太平桥几经修葺，成了现今十里八乡的人们仍奉为"仙桥"的九孔桥。1949年，蒸水流域涨了一场百年不遇的洪水。水东江一夜间变成一片汪洋，街上店铺无一幸存，留守人员死伤无数，唯有慌乱中跑至太平桥上的乡民幸免于难。彼时，我父亲跟他的叔爷爷在溆浦龙潭，祖母在邵阳城。那场大水也就从没听祖母提起过。

我们打听到水东江管申氏家谱的是当时的居委会会计，也即族长。族长问："你家是哪一房的？"父亲说："我是群字辈的。"族长面露难色说："那不等于大海捞针？也不知在哪本家谱上能找到你家。再想想，还有什么线索？"父亲只好努力回忆道："我记得叔爷爷告诉过我，我们家好像是什么四房的。"

还真是这条线索提醒了族长和帮忙查谱的老族人。他们一致猜测：四房，会不会是礼公的四子载洪？在家谱第四十九卷。要不，从这本谱里找找？

热心的族长安排我们在他家住下。他搬出一本家谱，说："卷四八与卷四九是合订本，卷四八那一房人丁稀少，凑不齐一本。你们家有可能在卷四十九。"

我自告奋勇道："我眼力好，我负责一页页翻吧！"

我开始挑灯夜战。父亲紧张地站在一旁。打开家谱的那一刹那，感觉真是神秘又神圣。我不慌不忙地从第一页开始翻，翻到第五十六页时，一则文字撞击了我："第二十二代道德次子济义，字达生，号正球，民国二十七年十一月十三日在皖省宣城凤凰排抗日阵亡。"再往后看，"配魏氏，子群林，字自祥，号荣昌"，这说的不正是我父亲一家？我抬起头，兴奋地叫："爸爸，找到了！"父亲凑过来一看，果真是找到了！族长闻讯赶来说："啊，这么快就找到了？看来我们分析得没错，你们真是洪房震裔传派的。"

当时，我不太明了这意味着什么。我和父亲都长舒一口气。

寻到根，是我陪父亲回祖籍的终极目的，这比什么都重要。而让漂泊在外的子孙跟家族重新续缘，也是老家宗亲的心愿吧！族长替我们高兴着，又提醒我说："新中国成立后，妇女都上谱了，你和你姐姐、侄女要记得上谱哦！还有，大学生，也要记得写上去。"

我开始按修谱的要求，将家人的资料一一誊在信纸上。

可是，我又犯愁了！我家四兄妹以及我的侄女都未按班辈取名，谱名怎么写？族长讲："那得取呀！"我说："来不及了。"他灵机一动，说："要不，用班辈加名字中的最后一个字吧！"我说："也只有这样了，那本名呢？"他笑道："就算号吧。"也是，父亲不就是号"荣昌"吗？荣昌是他的本名。我逗父亲说："您知不知道自己谱名'群林'，字'自祥'？"父亲激动地搓着双手说："我都不知道，你奶奶也没告诉过我。"

我心想，祖母是不记得呢，还是压根也不知道？

次日一早，族长与几位族人陪着我俩拜谒了数十层石阶之上的申家陵墓。陵墓所在的小山叫鸬鹚山。那年，父亲六十六岁，爬又长又陡的石阶比我还麻利。

从族长家沿着水东江的主街一直往北走，遇到一位敦敦实实的中年人。族长介绍道："他叫为民，在镇上行医，跟你家应该只有六房之隔。"为民得知我们是来寻祖修谱的近族，热情地招呼我们进屋坐。他告之："在水东江，你们五服之内的亲人大概只有一家了。"父亲很急，问道："能不能去拜访下？"为民摇摇头说："真不巧，他们一家这几天都出远门走亲戚去了。"

无缘与血缘最近的族人见面，我们只远远见到了公路附近的一丘水田，一丘尚没插秧的水田。我不知那条公路是否为315省道，只记得说通过这条公路可以去衡阳。陪同者里，忘了是谁指着那丘田说："听老人讲，那是你们祖屋所在地，当年，祖屋门前还有一口塘。"

他们话音刚落，恍惚间，我已经看到了那座祖屋、那口塘。我看到了塘里的荷和鱼，看到两个小男孩在塘边嬉戏，那是童年的曾祖父与其胞弟？

祖上是哪代从这里搬到魏家桥去的？我从家谱上似乎找到了答案。

曾祖父有仁的父亲用埧及母亲王氏都葬在老家麒龙庙猴家塘的代立

坪山，曾祖父与曾祖母后来也葬在那，想必父亲儿时就是去那给祖辈上坟的。

旧社会时女儿是不上娘家家谱的，连名字也不会留在谱上。谱上说，曾祖父有两姐妹，分别适魏、适杜，这意味着她们嫁给了魏家与杜家，可这两家在哪，都不得而知。父亲少小离家，他更不知他的姑婆嫁在何方。家谱上那些嫁出去的女儿及夫家，大都成为去了外乡的后人永远寻不着的外戚。

我的祖父兼祧两房，俗称"一子顶两门"，是因为曾祖父唯一的胞弟芝茂生的都是女儿。芝茂原配早逝，他携继配张氏去了溆浦龙潭谋生。芝茂的继子、我的祖父阵亡后留下一根独苗，就是我的父亲。芝茂去世时，是20世纪60年代了，他一手抚养大的孙子给他送了终，不在老家，在溆浦龙潭。

小时听祖母讲家事，我一直想不明白为何她后来要改嫁，为何父亲小小年纪就不得不远赴龙潭。祖母告知，她是童养媳，我祖父阵亡时，她刚满二十一岁，父亲四岁。申家在魏家桥其实有一点薄田，收租的不是我祖父，而是芝茂的一个亲闺女，祖父的堂姐。芝茂叔太爷远在龙潭，祖母与父亲成了孤儿寡母后，无依无靠。为了生存，祖母只得听从娘家建议，改嫁。

祖母嫁去填房的是富农杨家。杨爷爷生性小气，其原配就因他不舍得出赎金才被土匪撕票。杨爷爷不接受我父亲进他家。到了父亲该上学的年龄，他为了不供我父亲上学，也不让与父亲年岁相仿的秋姑（秋姑是他的亲闺女）上学。而跟我祖母年龄相差无几的杨家长子及次子，都早早被送出国留学，其中长子学成归来在天津南开大学当了教授。

想必芝茂叔太爷也不愿申家独苗随母改嫁。我祖父既然是他的继子，他肯定会收留投奔他的稚孙。而我的曾祖父，早在民国十年（1921年），其虚岁五十岁那年便去世了。曾祖母于民国四年（1915年）去世，年仅四十岁。

曾祖父去世时，我的祖父不过十岁。我的祖母也才四岁。她十二岁被申家收为童养媳，十六岁圆房。难怪她总是讲不清老家的事。而祖父在我父亲三岁那年，离家当兵。在家谱中，我得知祖父除了两个早已出嫁的姐姐外，还有个兄长，叫连生，家谱上注明"葬殁佚"，他的生死便无从考证。直到最近，我询问父亲才知，由于曾祖父早逝，我的祖父因兼祧两房得以由其叔抚养，其兄连生却无人照管，十三岁的他不得不出去谋生，自此再无音讯。

三

关于祖父的早逝，不能不说，那原本是可以改写的一段历史。

我们这一房人丁也不旺，两位曾祖共一个儿子，本来独子是可以免兵役的，可是我的祖父正球却从了军。祖母曾说，人家是抓壮丁，他是卖壮丁！

我的脑海里总闪现那个如电影般的真实画面——祖父常流连于魏家桥街上的牌馆。祖母临产那天，他还在牌桌上。亲戚来喊："正球，快回去，多秀要生了！"祖父却眼手不离牌，头也不回地跟报信的人说："打完这把就回去！"最后，还是在报信人不断催促下，他才恋恋不舍地离开牌场。回到家，我的父亲已经呱呱坠地。那个叫多秀的女人当时未满十七岁，祖父二十三岁。

少小丧父的祖父随其叔芝茂长大。芝茂是一名货郎，一直在魏家桥与溆浦龙潭间来回奔波。帮我祖父成家后，芝茂夫妇就定居龙潭了。自小在魏家桥街上长大的祖父，缺乏管教，不会农活，没有手艺，逐渐迷上牌。迷到后来，竟瞒着家人，替有钱人家去当了兵！卖壮丁的钱，家里一个子都没看到。

等祖母知晓，木已成舟。刚二十岁的祖母牵着三岁的儿子，眼睁睁地看着祖父随一支湘军离开魏家桥。次年深秋，祖父阵亡的消息传到老家。家谱上记录，他阵亡于安徽宣城凤凰排。

我百度了无数次，也找不到凤凰排这个地名。宣城只有一座千年古桥凤凰桥，1937年被日军炸得只剩桥墩，后曾复修。早些年，因已是危桥，终被再次炸毁。

祖母说过，当年，国民党政府还给家里发过几年抚恤金。没几年，那个抚恤证掉了，就再没领过。与幼子分隔两地后，祖母所能做的，是不时从杨家偷点米，换成钱，攒起来，托老乡捎给我远在龙潭的父亲。

祖父没有留下照片，我曾缠着祖母打听祖父的长相。祖母说："跟你爸一个样子。"我心想，那祖父一定很英气。父亲虽然个头矮，五官却生得格外周正——国字脸，浓眉大眼，高鼻阔嘴。我没大没小地常逗祖母："你喜欢申正球吗？"祖母总没好气地说："喜欢那个死鬼干什么？他只顾着打牌赌博，让我们成了孤儿寡母！"我却感觉得到，祖母心里还是怀念祖父的。她是童养媳，跟祖父也算得上青梅竹马。祖母也常说："你爷爷除了爱打牌，也没别的毛病。"

祖父的故事让我懂得，赌博害人，赌博有可能把命都搭进去了！可我的二哥平，也许没听祖母讲过祖父自卖壮丁的往事，没吸取教训。他年轻时挣了不少钱，因爱赌，也曾把家产输得精光，活脱脱一个祖父再版。这也是祖母在世时最伤心的事。祖母为二哥操碎了心。姐姐常打趣我说："奶奶最喜欢你跟平，不喜欢我和刚。"我笑道："谁让你俩是外婆带大的。"

其实，祖母对外人都很好，哪会对自己的孙辈轻一个重一个？

这辈子，跟我最亲的人，只有我的祖母，也就是我喊奶奶的多秀。多秀民国六年（1917年）生，属蛇。她一直到老，都小巧精致、清清爽爽，眉眼无可挑剔，只是颧骨略高。人说颧骨高的女人克夫，看到祖母，我真不能不信这个邪——她一辈子嫁了三次，二嫁的杨爷爷在新中国成立前去世，她只得三嫁，嫁与开伙铺（旅馆）的石爷爷。

石爷爷的照片我看过，儒雅标致，是读过书的人。他对祖母也好。新中国成立后，他们进了邵阳城，继续开伙铺，公私合营后祖母成了城市无业居民。祖母帮石爷爷拉扯大他前妻留下的三个子女，石爷爷却终究没陪她到老，在祖母不到四十岁的时候，他因病去世。没有工作的祖母不知凭借什么挣钱，硬是供养石家大儿子容上完大学。石家三兄妹也曾一直喊她妈妈，跟我父亲也有过来往。

1967年，我二哥出生，远在江口的外婆得照应我姐和大哥，工作繁忙的父母只得捎信请祖母到溆浦带孙。彼时，她正在长沙帮容叔带刚出生的女儿。容叔夫妇皆为知识分子，在长沙请个保姆不容易，他们竭尽全力想挽留祖母。祖母在两难之间，咬咬牙选择了带我二哥，容叔一气之下与祖母断了往来。父亲出差长沙曾去容叔单位，他态度极为冷漠。父亲怏怏地说与祖母听，她只是叹气，说不怪他。

她每次跟我说到这事，也丝毫没怪容叔的无情。她说："他心里有气也正常，认为我只顾自己的亲儿子，可他哪里知道，我这辈子欠你爸最多啊！"

祖母极为善良，性格好到挑不出毛病，又勤劳肯干、乐于助人。周围邻里，说起她无不夸赞。只可惜她改嫁两次，未再生育，使得我父亲成了独生子。在杨家，祖母带大了秋姑与小叔。秋姑跟祖母不仅像亲生母女，连相貌也像。两家人一度打算联姻，将两小无猜的二哥平与文文姐配对，终因秋姑不舍得将女儿嫁往溆浦，而不了了之。石家的三个子女，除了小儿子辉跟我祖母亲近些，其他的都已形同路人。

我曾为祖母三嫁耿耿于怀，说："我还以为你就改嫁杨家呢，还有石家啊！"祖母听了总是叹气，抹眼泪。这时，她又会提及我那不争气的祖父。

等我成了家，才真正理解旧社会女人的诸多不易。她父母生了很多女儿，生到她时还是女孩，故得名多秀。她下面还有一对双胞胎妹妹，从小被抱养出去，再也找不到。她后来有了弟弟，却没抚养成人。多年以后，祖母娘家的亲戚里，常来探望她的，只有她大姐的一儿一女，一个在邵东当教师，一个嫁在安化。

祖父的亲姐和堂妹虽多，却都远嫁，音讯渐无。有位堂姑婆的儿子，当年在新晃卷烟厂工作。父亲去新晃开会，带着儿时的我，去表叔家做过客。我童年的记忆里，便总有表叔家石头垒的平房，屋后紧挨着矮矮的山。

我的孩提时代，母亲在城郊的马田坪公社当妇女主任，经常驻村；父亲20世纪60年代初从龙潭镇调入县人民工作委员会，再在"文化大革命"时被下放园艺场。我在地坪村的老公社出生。

老公社是相对后来的新公社而言的。我对它唯一的记忆，是毛主席逝世那天，母亲给我套了黑袖套，跟公社的老老少少立在小操坪默哀，那时我不到六岁。在那个举国同悲的日子，天空也是阴沉沉的。默哀面对着的平房，有一间是我的出生地，母亲的住房。

祖母在我出生前三天，毛主席的诞辰日，坐汽车过雪峰山，一路颠簸，风尘仆仆地到了溆浦。待我能走路，她每年带着我回邵阳取当年的布票、粮票。因为那时候人户分离的，每年得回户籍所在地住上一阵子。

我与祖母朝夕相处了三十年零四个月。说得这般精确，是因为我婚后曾一直住在娘家。1981年，母亲调进城，祖母干脆把户口迁至溆浦，一家人才算真正大团圆。可她到底来不及跟我们一起搬至怀化。

我不想用过多的笔墨描写祖母去世的场面。那几日，一只蝴蝶总绕在我跟前的画面历历在目，很多亲人说蝴蝶是我祖母，她不舍得我。

在单位接到父亲的报丧电话后，我坐摩托车往家赶的时候，心中一片空茫。在一楼祖母住的屋里，望着已经洗净、躺在床上像睡着了的她，我眼泪汪汪。我不顾一切地握住她尚有余温的左手，一点不觉得害怕。

那是我第二次面对至亲的死亡，之前是我的外婆，也是八十四岁去世。她儿孙满堂，根本轮不到我这个外孙女过分悲伤。

四

相比那些有传奇家世的人，我的家族没有太多值得书写的。可我热衷于家谱，似乎并不单纯为探寻家族的传奇人物与故事。我好奇于父亲家族的发展史，惊讶于一本家谱就能把七八百年甚至上千年的家史一网打尽。所有的名字陈列在册，所有的关系纵横交错，在我眼里，它们并非没有温度的白纸黑字。

翻开家谱，等同于翻开家史。申氏在邵东已有三十多代。我家这本家谱上，出过的传奇人物虽少，却并没让我沮丧。在家谱里，不管尊卑贵贱，每个人都有自己的一席之地，每个人都可以去追溯自己在尘世间的真正来处。

邵东申氏，除了始祖和前几代尚有为官的，到了洪房我家这一支，留在水东江老家的，基本世代为农，最多做点小手艺罢了。就像我曾祖父是木匠，他胞弟是货郎，家谱上都不会提及他们的职业。只有得功名的，家谱才不吝啬多几行字。

那次在QQ群，水东江的族人夸赞我祖父是抗日英雄，我才再一次意识到祖父不该是我引以为耻的人。他抗日阵亡的事迹上了族谱，这在家族，也算一件光荣的事。

用年轻的生命，用多少岁月，才换回一顶迄今未被国家认可的英雄的帽子，这是命运故意安排给我家的一出悲情戏吧！若祖父十岁不丧父，他可能不会好赌；若当年不好赌，他不会瞒着家人替人从军；若不从军，他也许依旧是魏家桥一介草民；若不碰到抗日战争，他未必会浴血疆场，让魂魄回不了故乡。

父亲终于在南京二史馆查到了祖父的档案。

祖父只是国民革命军里不起眼的一等兵，他与其他三十八位抗日阵亡官兵的抚恤令是蒋介石亲笔签发的。那年那月那日，他的肉体与灵魂永远留在了异乡，留在了宣城。我在想，他真的只是为了还赌债而瞒着家人"弃牌从戎"的？他换上军装的那一刻，没想过当兵意味着什么？他可曾考虑过生离死别？

姐姐曾开玩笑说："假如祖父当年没战死疆场，说不定也会去台湾，又何尝不是几十年生死两茫茫？"

那个年代的男人或许有着他自己都不懂得的悲哀。祖父没有土地，没念过书，一无所长，只是一个年轻轻就得养家糊口的乱世遗孤。也或者，单纯不经事的他，不曾见过世面的他，以为当兵可以养活他的妻儿。他不知道打仗意味着什么，也没有时间考虑生与死。

祖母去世的前几年，我娘家人还住在溆浦县城夏家溪的两层砖屋里。有一阵，总有一只像鹰的大鸟不定期在我家屋檐上盘旋哀号。父母和我都不曾留意，祖母却每日心神不宁，暗自垂泪。她哭诉祖父几次给她托梦，说他没得衣服穿，没得东西吃，没得地方住。

母亲为了宽慰祖母，托我大大娘（母亲的大嫂）找了一个仙娘。据母亲说，仙娘看到祖母后，立即似祖父附了体。祖母事后描述，仙娘的声音一下子变成了祖父的声音，语言也从溆浦话变成了邵东话。"祖父"一个劲儿地责怪祖母："你们都不管我，不给我衣服穿，不给我房子住，我像孤魂野鬼……"

祖母当场哭得不能自已。"

母亲买来不少纸钱和冥币，陪着年迈的祖母，面朝北方，缓缓烧掉。也怪，那只怪鸟从此再没来。难道真是祖父的冤魂穿越六十余年，飞越大江南北，找到他的妻儿，请亲人帮忙重新安放他的灵魂？

2001年5月8日上午，平时心脏有点小毛病的祖母吃完早餐习惯性地躺在床上休息。给祖母买药回来的父亲从厨房的后门进屋，经过祖母的屋子，习惯性地在窗外喊了一声妈妈，她没应。父亲觉得奇怪，赶忙进屋，才发现祖母再也醒不来了。

早晨她还在饭桌上耐心地哄我的儿子，他不肯好好吃早餐。我着急赶班，还得先送他去上学前班。我在一旁手足无措，情急间好像还跟祖母顶了几句嘴，她不再吭声，低头不语的表情我至今记得。

秋姑与她弟媳从邵阳赶来戴孝了，常来探望她的外甥女和外甥来了。家里按溆浦习俗请道士做了很热闹的道场，烧了很多纸屋。父亲说，列祖列宗的屋都烧了，从此他们都可以安生了。

我失去了我最爱也最爱我的祖母，那一直不算太平的娘家砖屋也开始太平。两年后，父母随我和姐姐定居怀化，毅然卖掉住了十五年的房子。

如今，又是十多年过去了。我每次梦到祖母，总是在那栋砖屋，祖母也停留在她八十四岁的模样。

五

家谱上说，在邵东的一世祖朝奉公，字太管，号逸翁，生于宋开庆元年（1259年），己未年。这么说来，这位老祖宗迄今为止已经七百五十多岁了。他仙逝于元大德三年（1299年），葬于邵东大竹山，享年四十岁。另有其他房的族谱却记载他活到八十几岁，但因年号不符，1995年重修的通谱未采纳此说。家谱上又云，朝奉公是宋末元初自江西泰和鹅颈丘迁往蒸水之滨的太平二都大竹山下先人屋，从此安居乐业。

我终于弄明白，曾经弄不懂的两个地名，太平是旧称，水东江是今名。

我陪父亲去老家那次，未来得及去大竹山。听说大竹山在今水东江中胜村的汪塘，我在电子地图上寻了又寻，找不着。族人告知，大竹山只是一座小山。有人从QQ传来大竹山的图片，上面有刻着"大竹山"三个字的石碑、有申家祠堂、有三世祖姑彩凤的墓、有族人祭拜祖坟的场景……

关于鹅颈丘，湖南二十多个姓氏的后人都曾去那里寻根，因各自的族谱上都写着：祖先自江西泰和县鹅颈丘或鹅颈塘（甚至还有不少跟鹅有关的地名）迁往某地。后人分析，这所有跟鹅字有关的地名应该都是一个地方。因时代变迁，地名几经更替，现在的泰和也找不到这些地名。几乎所有去江西寻根问祖的人都在纳闷，为何从这里走出去那么多姓氏的先祖，这里缘何又容纳了如此多姓氏？

分析史料，不难看出，宋末元初，特别是明朝，政府组织了不少移民集中营，比如著名的山西洪洞大槐树、江西鄱阳瓦屑坝、湖北麻城孝感，以及泰和鹅颈丘。因"江西填湖广"，鹅颈丘的先祖们纷纷迁至湖南各地。

但我们的老祖宗显然不属于明朝的"江西填湖广"的移民。

朝奉公之妻萧夫人携一干宗亲安睡在鸬鹚山，而朝奉公率一干宗亲包括我的二世祖、三世祖、四世祖等，都长眠于大竹山。族谱上写得非常清楚，萧夫人生了三子，长子试辅留在水东江，水东江繁衍的族人，都是他的后裔；次子试隆任贵州思南府婺川县（今务川）知县，他那房在贵州落地生根；三子试仁迁徙南京，子孙后代跟着落户江南。三兄弟各奔东西，自此天各一方。

试辅有四子，次子是大名鼎鼎的儒奎，有个女儿叫彩凤。这位儒奎，是我的三世祖，家谱上记载他是朝廷钦定的荡寇英雄。而生于元泰定元年（1324年）的彩凤，骁勇善战，明洪武七年（1374年），为抵御陈友谅余党，回兵时误中埋伏，以身殉国，英名才得以上谱。不然，旧时的女儿，哪有机会上家谱？

我的四世祖崇长公，沾父亲儒奎的光，在明太祖登基后被封为宝庆卫总旗千户，后升任山右总戎，也算父荣子贵。五世祖是崇长的三子重隆，重隆的长子是我的六世祖才礼公。礼公的四子，即我的七世祖载洪公，在族谱的卷四十九闪亮登场。

我的八世祖是载洪公的三子添震，九世祖为添震的次子大兴，依次类推，到我父亲这一代，是第二十三代。

家谱上没有特别注明的，最后葬在老家的，估计世代在水东江务农。我父亲，因特殊的身世，才成了异乡人。祖辈跨越了"湘资沅澧"中的三条河流，让我和我的家人，最后成了沅水流域的子民。

那次，寻到邵阳申氏QQ群，我真有回了家的感觉。聪明的族人已经不满足于纸质族谱，他们建立了一套科学完整的电子族谱，正招募义务录谱员录各房族谱。我被委派录手头拥有的《申氏创修通谱》卷四八及卷四九。卷四八玉裔系载洪长子添玉的后代，谱上人丁稀少。许多族人迁徙到外省，比如四川，不知所终。我家隶属卷四九"礼公位下洪房震裔"。共着七世祖的添玉与添震，六百年前还是亲兄弟。

树大分枝，再分丫。家族就如一棵千年古树，根深蒂固，枝叶扶疏。宋理学家朱熹曾这样说过族谱："移徙者书其地，流亡者入其祠，使生有所自，死有所归也。族类远近亲疏，皆得以联属之。"

而我，难免不揣想，南宋灭亡时，我们的逸翁公，只有二十岁，他到底任过哪个朝代的福建副使？没有翔实的史料备查。申氏二世祖，西去贵州务川为官的，东赴南京自立门户的，那些同根生的宗亲后裔是否和我一样，也在追根溯源？

三世祖儒奎及妹妹彩凤的英雄事迹，一些民间史料、墓碑和族谱中均有详细记载；而我的祖父正球，在二史馆的档案里叫正求，当兵的初衷是为了还赌债，但明知抗战初期，从军生死难料，他依然义无反顾地跟着湘军走了。他不过是国民党军63师378团4连的一名一等兵，忌日是11月13日，这是蒋介石签署的抚恤令里的记录，跟家谱记录吻合。可是我查遍了宣城地方志里的抗日部分，发现他参与的那场战役或许规模太小，没被提及，只记载了他牺牲三天后日军再次发起大的进攻，最后被国民党军克复宣城。

迄今为止，我八十多岁的老父仍在为祖父的烈士身份奔波。湖南《快乐老人报》也曾牵线搭桥，帮忙从南京二史馆找出祖父的档案。他们报纸整版的专题报道中提到了这个细节。南京二史馆将盖章的复印件快递给了老父。老父拿着一份关于国民革命军抗战将士可以追评烈士的文件复印件找到溆浦民政局，请求协助向省里申报烈士身份。可一年多过去了，还没有下文。我们安慰老父说："算了，在心里，在家谱上，爷爷算英雄就行！"老父却倔强地表示："我图的不是物质补偿，我要的只是为你爷爷追回一个名分！"

名分真的那么重要吗？祖父在跟日军厮杀的日子里，可曾想念过家乡的妻儿？中弹身亡的刹那，是否后悔替有钱人家当兵？

驰骋疆场，或许是一些血性男儿的英雄梦。祖父未当逃兵，血染沙场，终是为家族争了光。祖父曾是我鄙夷过的赌徒，却也是继奎公、彩凤之后上了族谱的英雄，成了千千万万为国捐躯的抗日将士中的一员，在南京二史档案馆里留下了轻轻的一笔。二史馆的工作人员对记者说，他们资料库里只有二十万人的记录，而抗战实际牺牲的国民党军队人数高达三百多万。可见，更多的抗日将士，像夜空里数不胜数的繁星，成了寂寂无闻的英雄。

六

一世祖申逸翁因"宦湘",也就是来湖南做官,最终择水东江为定居之地。水东江是典型的湘中乡野,属湘中的丘陵地带,有山有水。山不是崇山峻岭,河远非大江大河,蒸水河贯穿全境,蜿蜒东去。水东江的河两岸地势平坦,沃野千里,是邵东乃至邵阳市的东大门。

恐怕正是良好的地理环境,吸引了一世祖的目光吧!他再也没离开这片土地,在这里开垦出申氏家族的新天地。申氏家族不仅成了这里的主人,子孙后代更是遍布世界各地,在外为官的、经商的不在少数,荣归故里的不在少数,旁系族人里光宗耀祖的不计其数。

当年在溆浦城里,仅有几户申姓人家,即便不走动,大家也互相知道,并清楚祖籍是同一个地方。一位貌美如花的申家姐姐当年是向警予纪念馆的讲解员,每次看到她,我充满着自豪感。她两姐妹在街头遇到我,也亲热地喊我妹妹。早两年我们在怀化街头偶遇,她还是喊我妹妹。在溆浦一中读书时,低我一届的有两个申姓小妹,都长得好看且学习拔尖,我远远地关注她们,仿佛她们是自家姐妹。龙潭一户申姓人家,独子曾是园艺场的下放知青,我父亲与跟他父母是老相识,两家叙过班辈,这位申家独子宛若我家亲哥,逢年过节都会来看我祖母。每年清明我们回溆浦给祖母挂青,都是他事先把一年没整理的坟头杂草清除干净,等着我们去。

赵钱孙李那些大姓,走哪都有他们的姓氏,就不如小姓,在他乡碰到了,更易心生亲切感。

一世祖自江西迁徙到湖南前,到底来自中原还是哪里,族谱上并未书写。网上有说来自洛阳的,有说来自南京的,有将佘姓朝奉公隋唐时期自山西雁门经江西迁往邵阳的历史张冠李戴。这些只是野史,不能胡乱附会。

宋末至明初，历经上百年的战乱，百姓流离失所，很多姓氏的先人在无奈的逃难、迁徙过程中丢失了谱牒，自己的祖辈就再也无迹可寻。我们的申氏家族，也因此只能追溯到七百多年前。好在，现在中华申氏都在提倡"天下申一家亲"。事实上，所有的中华儿女何尝不是同根同源？

有人说，国史、方志和家谱，是中华民族的三大文献。国家、地方和家族的兴衰荣辱，都在这些相辅相成的重要历史文献中熠熠生辉。

朱熹在为一本家谱作序时曰："粤自天子，至于庶人，莫不有族，则亦莫不有谱。盖世殊时异，源远流分，纵横错杂，若水之万流，木之千枝，非作谱以属之，无以详其源而求其本，此有关于世道，而家家不可无者。故天子有玉牒，诸侯有年表，大夫有世家，世庶有谱传，此之谓也。"

申姓，自古以来为名门望姓，在百家姓里的最新排名仍居第一百二十三位。历史上，被列入《中国历代人名大辞典》的申姓名人达七十四人，《明清进士题名碑录索引》中，共有三十七名申姓进士。年少时，周围同学偶尔开玩笑说："你们申家有名人啊，申公豹！"不谙世事的孩子，除了知道神话故事里的申公豹，哪会知道春秋战国时诸如申伯、申不害之类的名人？又哪能晓得孔子门生"七十二贤"中有两位申姓名人申枨、申党？记得当时我总是讪讪地答道："咱们老申家，不是有电影明星申军谊？"

当年看小说，看到小说里写到河北某地申家庄，也开心得什么似的，全然忘记那或者是作家随手杜撰的；看到许多朝鲜演员也姓申，我同样充满好奇；在外地，碰到一个姓申的都感觉见了亲人；我在百度贴吧、QQ乃至微信群添加了不少本家的联系方式，不一定常聊天，但都把对方当作族亲。

申姓源出颇多，迁邵的这一支到底算哪一源？是姜姓的改姓？是申伯的后代？是北方朝鲜族、蒙古族、满族，还是南方傈僳族、彝族，或其他少数民族的改姓？朝奉公没有说，后人也寻不到源头。

春秋初期，西申国、南申国分别被秦国、楚国所吞并，伯夷、叔齐的后人以国为姓，据说，这是申氏的主源。我曾在河南新郑的黄帝故里广场上看到一棵"姓氏起源大树"，申、姜、向等姓氏同挂在姓氏大树上炎帝的某一枝，我夫君姓向，我告诉他，咱们都是炎帝后代，难怪有缘。他却一脸坏笑道："你别忘了，你可是向申氏。"

一世祖不曾将他的来龙去脉交代于后人，就像我常责怪祖母不曾把家族的点点滴滴告诉我一样。可是，我的祖母，我至亲的奶奶，只是一位未曾上过一天私塾，只靠放牛时去偷听讲学才学到一些人生道理的大脚女人。她一字不识，却出口成章；她美丽坚韧，却命运多舛。我常想着，那早已没有祖屋可寻的水东江老家，族人指给我的那丘田，我的先人仿若还住在那里；族人说的那口塘，塘里一定曾有荷、有鱼，塘边总有嬉戏的孩童……当然，大竹山、鸬鹚山上沉睡着我无数族亲，我却几乎没有机会回到那里，回到那个有着申家祠堂"敦叙堂"的老家，蹚一回哺育过我先祖及三十多代族人的蒸水河。

我只有手中这本家谱，这本父亲说将来会传给我的族谱。我只能在这本线装、竖行、卷四八与卷四九合订的族谱里，寻找族人的蛛丝马迹；在一个个人名和地名里，想象他们的面容，揣测他们的喜怒哀乐、爱恨情仇。我还会将他们一一录到更为科学的申氏家谱网，不再害怕家谱遗失。

家谱里的绝大多数族人，都已经成了一堆深埋在这山那山的白骨，可他们还能与故土、与老祖宗作伴，不像飘零的游子，叶落都无法归根。有些族亲，因着这样那样的原因不再"生根发芽"，有些族亲则继续蓬蓬勃勃地"树大分权"……很多跟我年纪相仿的族亲，辈分低我五六辈，他们在网上亲切地唤我老祖宗姑婆，我讪笑说："唉，你们那房发人快！"

我是邵东申氏第二十四代生字辈。因为女身，在夫君的家谱里也许就挂着：配，申氏。但是十多年前的那次修谱，我和姐姐、侄女的名字都堂堂正正地上了申氏家谱。我感谢夫君，怜我家几代单传，让我的儿子随了申姓。父亲欢天喜地学他祖父，在家谱上，让我儿子同时成为我家二哥的继子，兼祧两房。儿子自小由我父母带大，他喊他们爷爷奶奶，他在家谱上叫泰灵，将会作为申家第二十五代在家谱里延续他的子孙后代。

尽管放宽二胎的政策来得迟了些，但我难免不幻想，若两位哥哥都还能再生个儿子，让申家的血统更纯正些，多好！这跟重男轻女真没关系。家谱，本来就是以记载父系家族世系、人物为中心的历史图籍。

如果我的祖父当年不从军，说不定祖母还能给我父亲生一堆弟弟妹妹，父亲就不至于如孤雁般流落他乡，申家这一房也可能枝繁叶茂。倘若历史真的可以改写，父亲就不必小小年纪投奔他的芝茂叔祖，就不会在溆浦生活、读书、成家立业，自然，也就不可能有我兄妹几个。我，更无法在这里，在这本薄薄的家谱里，寻找老家与故人的痕迹了。

千 年 屋

一

九岁以前,我家住园艺场。我打小不爱扎堆儿,要好的朋友只有腊梅。

有一回,我们去玩捉迷藏。我和英躲,她和玲找我们。我和英穿过晒谷坪,一头扎进英家那栋楼。楼梯间塞满了杂物,英轻车熟路,我跟着钻,一头撞到硬邦邦的庞然大物。呀,我倒吸一口冷气,慌问:"这是什么?"英回头冲我嘘了下说:"这都不知道?我娘娘的千年屋!"

娘娘是溆浦人的喊法,即祖母。我家是邵阳人,跟书上一样,喊奶奶。

我慌忙爬出去,顾不上腊梅和玲正寻过来。

她们忙问:"怎么了?"

我答非所问:"知道千年屋吗?"

腊梅摇头,她家老人都不住场里。我指着楼梯间,玲凑上去瞧,笑开了,说:"这有什么呀,我家楼梯间也有,走廊上都有。"

"我奶奶怎么没有?"我掉头往家跑。

祖母正坐在屋门口纳鞋底。

"千年屋啊,就是我以后老了,要睡上一千年的屋呀!"

"英说她娘娘有千年屋,您怎么没有?"

"过两年,你爸会给我置的。"

人过花甲算老人,儿子就要替老人割千年屋了,溆浦是这么兴的。祖父死时,父亲四岁;外公去世时,我一岁多。

我第一次直面死亡,是十四岁那年的初冬。

严老师不再任我们的班主任,学校抽他去下乡做辅导,染上了"出血热"。那年代的"出血热"易死人,严老师没能逃脱死神。

一帮同学自发去了严老师家,我和白莲也去了。他家在一中西边的半山坡上,与一中隔了条马路和几畦菜地。山底有条小路,爬上去,通过打靶场,七拐八拐又能从气象局、人民医院路口绕到街上。

低矮的砖屋门口搭着灵棚,几个花圈摆在一侧,记忆里的千年屋摆在中间,白莲说严老师躺在里边,我才弄懂千年屋真正的用途。潦草简陋的它,像极他戛然而止的一生。少年的哀伤绵细得像灵棚外的凄雨,我觉得太阳都不再会升起了。师娘搂着一对幼女,呆坐在冰冷的角落,我和白莲欲上前安慰,都不晓得怎么开口。严老师家是半边户,就他一个人吃公家饭。他不在了,师娘怎么办?小丫头怎么办?我们发愁着。

屋后的橘园深处藏着他的坟,逢忌日我和白莲会去坟前坐一坐。有一年她提到,严老师的坟找不到了。唉,他坟上竟没个碑。谁说过,花果山上坟圈砌得气派的,都是后人孝顺或给力;而渐瘪冷清的坟,多半是家里没了后人。我总觉得严老师的坟后来一定立碑了,他的女儿们都已中年,一定早过上了好日子。

古属楚地的溆浦,方言中保留了不少上古读音,生动鲜活。割千年屋,就是做千年屋。将俗称方子料的大口径杉原木锯割好,能拼成结实的棺木,一个人往生后的永久蜗居。

"七十三,八十四,阎王不接自己去。"2018 年,父亲八十四岁,姐说，老先生今年好怕死。老先生是我们对父亲的爱称。她说外婆、祖母都卡在第二道坎。外婆是"损罐子经wang"（"wang"是撞的意思），多年的药罐子，啥时走都不意外。可从不生病的祖母，也被卡在那道坎，父亲就担心自己了。

鸡年除夕夜，父亲建议照全家福。正好二哥的前妻来接侄女，帮着照了一张大合影。而千禧年的全家福，她在，祖母也在呢。

父亲吃完午饭就揣着一兜零食和一杯绿茶去小区对面的麻将馆打牌。散场回家，不时还帮住三楼的我拿快递，或递进来一把他种在院子一角的蔬菜。晚上跟母亲打"跑胡子"，天天赢母亲的钱。

丈夫讲，老先生爬五楼比我们还利索，这样子活到百把岁没问题。

大家心照不宣，装作这样的日子还很长很长。

12月上旬，我忙得好几天没上楼看父母。有一天老先生来敲我家门，脸肿得吓人。他想让我陪着去医院。

医生翻看他不久前的全面体检报告，说老年人脸肿可能是心脏或肝肾有点毛病。重做的检查报告让我稍稍放下心来。但我想放弃即将启程的长沙培训，老先生不依，说："没事，你放心去。"

到长沙第三天接到丈夫电话，说老先生住院了。

那是老先生平生第一次住院。CT结果出来，疑似恶性纵隔肿瘤。我躲在酒店房间哭。姐姐半夜睡不着，在微信问我："睡没？方便打电话不？"室友睡得正香，我把头埋进被窝，打过去，轻声道："你讲，我听。"姐叹气道："真是怕什么来什么。"

二

祖母七十岁那年，我高三，举家迁往夏家溪。父母举债建了幢两层砖混楼房，在被戏谑为"官府街"的团结街。家后是李家坡。后院傍坎搭了高棚、盖了瓦、隔了墙，不知啥时摆进一样显眼物。家人大概有意识地想捂住些秘密，可光靠几个编织袋和几张塑料纸是欲盖弥彰——黑，陈旧的黑，从几处缝隙间有意无意地钻出来。

童年的记忆、严老师家的印记，让我确定那是祖母的千年屋，也大致明白它终将带走祖母。可我那时是个小迷糊，生死对我来说是太沉重的话题，我也有意无意地回避。但每回瞥见，有时也会想起些故人，其中有娥，沉默的矮胖的团团脸的娥。

我在课间教芳唱《女儿情》，娥都埋头在学习。她是寄宿生，寄宿生和走读生不扎堆儿，像两个世界的人，我俩最多是在走廊劈面碰见时，才相互笑一笑。

七十几人的文科班虽掺杂了不少复读生，但1988年的高考也只考上几个。只有我同桌湘，得过小儿麻痹症的湘，保送师大历史系，最后成为博士后。那时升学率低，打架、谈恋爱的自然就多。多年后同学聚会，总有人模仿班主任的腔调打趣道："有些同学是否觉得，你们的爱情坚如磐石？"

我个头高坐在后面，看不清黑板，索性在数学课上创作诗歌，上英语课时构思散文，预考后就成了待业青年。当然，那时三分之二的同学都没资格去挤高考的独木桥。

至于预考谁过了谁没过，我懒得关心。我自觉搬出高中三年的语文、数学、政治教科书，懒洋洋地开始复习，准备招干考试。没复习完我就上了考场。数学只考了十五分，虽然上了公安录取线，我报的却是法院，成了陪考。

好多人选择复读，父亲探我的口气，我大言不惭道："要复读，高中就不会混了。"

1989年的预考还没开始，娥却喝农药死了！她不复读就只能回农村嫁人，她有个在一中当老师的哥哥，那是她的榜样。

"一中都有连考七年的师兄，娥预考都还没考，怎么就挺不下去了呢？"

"如果娥吃商品粮，她不至于寻死。"

"不晓得娥埋到哪个土眼眼里了。她好像都没谈过恋爱呢。"

几个女生七嘴八舌，我眼前浮现出的场景却是：她躺在一口薄棺里……

生命的长河总有新的浪花翻滚，属于娥的那朵浪花，早被时光甩得老远了。

入校三十周年大聚。高 56 届聚集两百多人回了一中。每班按原学号顺序打印出名单，竟有好几个打了黑框的名字。文科班的花名册上，娥的名字被框着，她的团团脸仿若被框在里边。

改道前的湘黔铁路穿城而过。我的婚房在铁路南边的居民点，是房地产公司的公房。一居室的婚房住过丈夫全家，也当过他哥的婚房。

长方形的院落，齐刷刷的四层楼，清一色的青砖木窗，"回"字形走廊，天井很大，居民身份繁杂。公厕在每栋楼走廊的尽头。走廊上方挂满滴水的衣裳，谁家吵架声音大些，至少半院子听得到。

门洞两侧挤着些猜不出年龄的千年屋。它们是院子里一些老人的定心丸。有了千年屋，他们甚至可以想象，百年后，他们的灵柩在街头巷尾转一圈，再风光地上山，也算是最后一次华丽亮相吧。

每次我都目不斜视地小跑着过门洞，我怕那些阴森森的物，我只不怕祖母的千年屋。但孩子们，不时爬到千年屋上打闹，不识也未想着要识那是何物。我总共在那儿住了一个月，就回了娘家。在婆家坐完月子后，正式搬回娘家，丈夫笑口自己当了申家的上门女婿。我从此不必再经过那道门洞。

没出几年，居民点被拆建成大型农贸市场。来不及认识的邻居和那些落满灰尘的棺木散落各处，不知所终。

三

　　祖母坐在餐桌前，试图牵跑儿的手，声音柔弱地说："快点吃，听话……"跑儿却愈哭愈烈。我得赶时间送他去学前班，便冲着祖母嘟囔了一句："不要你管！"她瞬间恢复一贯的低眉顺眼——那是我见过多次的神情，在我母亲面前、我外婆面前，皆如此。我有时都生气她干啥要像个小媳妇一样，明明她是老申家的"太上老君"。

　　一辆车刚好经过，我连扯带拽将跑儿塞进去。原想回头说声对不起，又想着，下班回家再说吧。

　　我哪想得到，没隔两三个小时，父亲的电话打到了我办公室。

　　"奶奶八十四了，桃子熟登（透）了，自己要落。"大家都这么说。

　　有年清明在祖母坟头，跑儿冒出一句："小太太当年是被我气死的？"我搂住他说："瞎说，那时你才读学前班。"他哽咽起来，说："我发脾气，不肯吃早餐，你催我，小太太哄我，我哭得更凶。后来，放学是邻居接的我。家里来了好多人，小太太躺在客厅木板上，大家说她'老'了……"

　　"你那时六岁不到，怎么还记得这些事？"

　　"三岁的事我都记得。"

　　咦，我五六岁以前的记忆怎么都是空白的？

　　父亲后来说，我带着跑儿走后，祖母回房小憩，父亲上街给她买常备药，母亲买了菜，喂了鸡，浇过花，在厨房忙碌，就是没进祖母的屋子。

　　父亲回来，习惯性地在祖母窗前喊一声："妈妈！"没回音，他觉得奇怪，拐进屋，发现再喊不醒他的娘了。

　　每天会到祖母房间请安的二哥，那天比父亲回来得早，却不知何故竟自上楼睡觉了。

换好了寿衣寿帽寿鞋的祖母平躺在床上，闭着眼，嘴含一块碎银，导致嘴唇微微合不拢。嘴里含的碎银叫"含口钱"。冥河上有船，亡灵渡河，得付钱给摆渡人，口含点碎银去，算船费，否则没法过河。这是祖母讲过的，没想到我亲眼看到了。我以为自己会号啕大哭，但只是无声落泪。陪我进屋的亲戚慌忙交代："眼泪千万莫掉到奶奶身上！她会走得不安心，会在黄泉路上徘徊，没法投生。"

我不相信她真的去了，她的手明明还软温着。她答应教我做老家的猪血丸子、坛子菜；她还答应过，等我新房弄好，跟我住市里去……

五一小长假收假，一家人才散开——丈夫回市里上班，姐姐回厂，大哥去市公司开会。没通高速时开车走省道回家得两三个小时，溆浦是四等小站，每天没几趟火车停靠，我们只好约一起坐大哥的车回去。

外婆晚年也到溆浦住过一两年，住在大舅家和我娘家。她去世头一年定居大江口二舅家，临终前半个月半身不遂。二舅家人来人往，子女多、孙辈多的外婆在热闹中安然辞世。可祖母，我的祖母只有我父亲一个独子，她连死都蹑手蹑脚，生怕惊扰了大家。

竖摆在堂屋神龛下的千年屋突兀地成了灵堂的主角，漆是暗哑的黑，像再也拨不响的弦。屋外搭了灵棚，因白事占半边道，没人说三道四。来吊唁的亲朋络绎不绝。鞭炮声一响，我们就得紧急集合，披麻戴孝跪地迎接客人。每夜还要在道士的指引下，围着灵柩转灯，一圈一圈，似无休无止。转着转着，我的眼泪又会涌出来。

溆浦是兴哭丧的，等同于唱挽歌。据说从汉武帝始兴挽歌，百姓唱《蒿里》："蒿里谁家地？聚敛魂魄无贤愚。鬼伯一何相催促？人命不得少踟蹰。"古时溆浦兴唱啥无从考证，传下的习俗是边唱边哭，在哭唱中讲述逝者的生平事迹。

我和姐都不会哭丧。我一个表姐会哭，在灵堂哭得像模像样。

最后赶回家的大嫂哭着往祖母身上扑时，祖母躺在堂屋的门板上，竖对着大门。我蹲在一旁，听到祖母最后咽下的那口气，并确定这绝非幻觉。

封棺前，我绕去看了几次祖母，知道再不多看几眼，就看不到了。

等灵柩被抬上花果山，再搁进墓穴；等一铲铲黄土掩埋暗哑的黑；等平地隆起一座新坟，我不得不承认，世间再无一手带大我的祖母。我成了被她弃在世间的"孤儿"。

父母卖掉了夏家溪的房子，随我和姐搬至怀化市区。大哥也调至市里。团结街的户籍都注销了。可每回梦到祖母，都在溆浦，在夏家溪的屋，祖母始终是八十四岁的模样。

十几年过去了，花果山已成了县城清明与春节最热闹之处。每年回去挂青、烧纸、插三炷香，我都会重复那些话："奶奶，多给你烧点钱，在那边学会打牌啊，省得孤单。"

四

祖母去世没两年，阿公阿婆也置了千年屋。

阿婆胃痛好些日子了，痛得不行了才答应到市里彻查，顺便来我新家小住。

周一去医院，CT机出了故障，做的切片。陪我去送午餐的姐姐与我躲在走廊上分析报告单，她低声道："你阿婆不会是癌症吧！"我心一紧，阿婆刚满六十岁，不会的！两天后阿婆便被确诊为胆总管癌晚期，我们火速将她转至省人民医院，跑儿的姑父在那儿进修肝胆外科。其导师当着我们的面说，建议保守治疗，若手术，不保证挨得过春节。

阿婆出院那天是圣诞节，天阴冷。在回程的火车上，阿公说："等你妈病好些，让四妹子陪她去趟杭州！"我忙不迭地应着。阿婆露出了笑意,说:"要得,我就想去西湖看看。"

回溆浦后,姐夫每天请护士来家里给她打白蛋白。上海产的白蛋白,小城买不到,每周由我从怀化带一批过去,冷藏在冰箱。

阿婆像一片原本丰盈的叶,眼见着,枯了。

家里张罗着给她的千年屋刷漆,四舅五舅忙着找墓地。我把跑儿扔在怀化娘家,扎回小城当火头军。阿婆的皮肤开始瘙痒,她指示我丈夫:"让你阿娘给我抓痒。"

其实,家里专门请了五舅妈来伺候阿婆。但阿婆明令让儿媳妇轮流端屎端尿。

屎尿我都端了,挠痒算什么呢。我尽管怕她,但她终归是长辈啊。

每夜,大家将阿婆轻移到堂屋的躺椅上,我就开始工作。

在胖子瘦成干柴的皮肤上挠痒,真像踩在窸窸窣窣的落叶上。我已然听到死亡迫近的前奏,狂风乍起的生命长河,属于阿婆的那只小船眼见着将被风浪吞没。

我真正难过起来,也彻底原谅了阿婆的种种不好——她也只是嘴上逞强,精明小气了一辈子,省下的钱自己却用不着了。人哪,在生死面前,哪件事不是小事啊。

挨过那个年,菜花刚黄,桃花才粉,阿婆辞世。西湖之约终成空谈。

她去世前几天,我推她去大门外晒太阳。我一同事从家门口经过,到单位说开了:"小申的阿婆只怕挨不了多久了,一身都绿了!"她是胆总管癌,在太阳下,脸色黄得发绿是有可能的。

阿公心疼他孙子,催我回市里照顾跑儿,说阿婆这样子不定熬到啥时。

我回家才两天,丈夫电话来了:"快回来,妈快不行了!"

我以最快的速度往小城赶。电话又至,哭声传来:"妈没等到你……"

火车还要十几分钟才到溆浦站，我催不动火车啊。

我又没赶上与亲人的临终告别。祖母不辞而别，阿婆也是。

阿婆那新漆的棺木比祖母的气派。丈夫没了平日的强悍，他后来开玩笑说："现在我只剩阿娘与亲娘了，你可要对我好。"阿娘即老婆，亲娘是岳母，自己娘喊老娘，这便是溆浦男人的"三娘"说。

好几晚，我得代替体弱的嫂子和英姐，跟男人们一起通宵守灵。有一夜，丈夫让我溜回楼上睡觉。我在半梦半醒间挨了一夜。我喜欢用"挨"这个动词，总想起陈奕迅《苦瓜》里唱的："开始时挨一些苦，栽种绝处的花。"总想着，人的一生，难免得"挨"过一些难挨的时光，挨的过程煎熬，挨过之后则似重生呀。

出殡那天清晨，大雨滂沱。抬灵柩的队伍来自阿婆的娘家地坪，为首者是我幼时保姆的小儿子。因我子女没被整，只计划好了整阿婆的侄子侄女。这种"整"，实质是为了热闹——队伍走几分钟就停下来，表兄妹们就得跪下去。一到有水坑的地方队伍就停，一路只听到哄笑声……把白事做成喜事，是为了冲淡主家的悲伤吧。白喜事，原指高寿者的喜丧，阿婆刚过花甲，白事也做成喜事，可见中国人的豁达与通透。庄子就说过："人且偃然寝于巨室，而我嗷嗷然随而哭之，自以为不通乎命，故止也。"逝者已逝，生者好好活着，代代传承，才是生命最根本的意义吧。

出门左拐，离择好的墓地很近。但为了风光，队伍右行，在城南主街上画了一个大圈。那会儿还没禁放鞭炮，鞭炮声、锣鼓声怕是吵醒了不少居民。帮忙扛花圈的人将花圈胡乱堆在墓地附近，便速速散去，大家都淋成了落汤鸡，衣服上沾上了花花绿绿的颜料。

墓地选在城郊地坪，那里曾是马田坪公社的驻地，也是我的出生地，我母亲曾在公社当了多年的妇女主任。

马田坪早被并至卢峰镇，地图上再无此地名。隔着数丘平整整的良田，阿婆可北望娘家人，想必她在九泉之下会很欢喜。

四舅很快给才六十出头的阿公物色了年轻十岁的老伴。阿公决意卖掉城南的四层楼。兄为二老买了一套两居室。阿公卧室摆着阿婆的照片，继阿婆也习以为常，老年人搭伙过日子，谁会跟故人争宠呢！

房是亏着卖的，卖得很急，又是卖给远房亲戚。唯一得的好，就是阿公的棺材得以暂存原处，免雨淋风吹。

五

祖母去世后，大哥也托人帮父母买了方子料。

父母离开溆浦前，将棺材寄存在大舅家的偏舍。我担心过。老先生的理由简单，说："棺材是进财，又是亲人，有什么不肯的。"

它们就在大舅家安放了好些年。

早几年老先生突然宣布说："我和你妈商量好了，百年后葬怀化。"我很惊讶，说："市区不能土葬！"他口气很硬，说："火葬，给国家省点土地。"

"千年屋怎么办？"

"卖掉！"

姐私下告知，大舅家那几年不顺，怕是担心棺材晦气，借口要翻修偏舍，让我们另寻寄存处。可溆浦哪有地方存呢？老先生一定经过了激烈的思想斗争才做出这样的决定。

千年屋被处理掉了，买到的熟人捡到一个大便宜。

老先生说，自己一个战争孤儿（其实他还有娘呢，只是他娘当年被迫改嫁），能在叔爷爷的抚养下读点书，参加工作，给娘送了终，给爹争取到了烈士身份，一生足矣。

他真不在乎他的千年屋了，我确认了他的真实想法。

眼瞅着父母皆过八旬，我们寻思去哪儿买公墓。

最终在殡仪馆的后山看中一座双墓，视野开阔，也够热闹。老先生去看了，争着掏买墓的五万多元钱，他说："这个不用儿女掏。"

殡仪馆的主任跟在老先生后面说："你老爸步履还蛮矫健，买了墓地，肯定延年益寿。"我还特意让本命年的老先生穿上红。谁料买了公墓才一年，老先生突然病了。一生病就是大病，真让人欲哭无泪。

正好我签约了公安部文联的全职作家，不用再坐班。自长沙回来没几天，他出院了，我每天上五楼陪他。

狗年除夕是2019年的立春，我骗他说："我俩都熬过本命年了。等清明，我陪您去邵东挂青，怀邵衡高铁通了，回水东江只要一个多小时。"

老先生摇摇头说："怕是等不到了。"

立春后出了两天太阳就出现极寒天气。老先生的声音一日比一日嘶哑，白天昏睡，晚上睡不好。他不敢睡。有天他竟反复念叨道："没得搞场了，没得搞场了。"我慌忙鼓励他说："等您生日发大红包给您。"他笑得真勉强啊，还是说那句话："怕是等不到了……"我好怕他这样说，他怎么能灰心呢。我甚至怕姐半夜打电话来。还好，每天早晨上楼，他都还好好的。

挨过几天，他召集子女围拢，要姐拿来纸笔，他要交代后事了。一桩一桩，条理清晰。最后交代骨灰盒不要买贵的，普通的就行。像交代别人的事，平静得如一泓水。无论我们怎么善意掩饰，都瞒不过聪明的老先生啊！

普通的骨灰盒，是他将来的千年屋，它将盛着他的骨灰，挤在小小的公墓。他在那儿孤寂地等着母亲吗？

交代了后事，老先生的情绪日趋稳定，每天努力进流食，要喝我泡的茶，还要我喂猕猴桃。

正月二十五,姐姐做了丰盛的晚餐,大哥订了一个水果生日蛋糕。丈夫私下数落说:"以前他生日都只给红包,没见谁给买蛋糕。人哪,都要等到快失去了,才赶紧来弥补。"我没话反驳,他没有说错。

烛光下,四代人的生日歌声里,老先生的微笑是由衷的。那双手,也在无力却努力地和着歌声打节拍。

之前他不肯再去医院,是怕老在外头。生日第二天,他终于肯住院了。他故作轻松地跟我说:"这是我的最后一站。"我慌乱中反驳道:"没这回事!住阵子院,天气暖和,您就康复了。"

六

溆水南岸的马田坪,考古出不少战国秦墓与西汉墓。多年后我才得知。

我不由得想起十岁时住过的马田坪公社。从新公社去公路上,得经过一个砖瓦厂。有个场景过去三十几年了,我还记得:一根白骨,躺在一堆新松动过的黄土上,旁边是一排排砖坯。砖坯似沉默的士兵,白骨像要跟我说话……我正好瞥见,差点魂飞魄散。那个年纪的我除了恐慌,不会想到追问白骨的主人是谁。邻居早跟祖母提过,那一带是旧坟场。我想起更小时跟兄姊走夜路,从园艺场经过山门坳的坟场去五七干校看露天电影的事,我习惯了夜里不出门,怕碰到鬼。而那些旧坟场跟出土的古墓有没有关系,土里还深埋着多少不复存在的千年屋,是我近年才思考过的问题。

历史的真相在不断出土的文物中隐约浮现,各种学说各执一词。解开一个个历史谜团时,不可避免地会惊扰到一些千年屋。武陵郡、秦国黔中郡,跟溆浦都扯得上关系。屈原《涉江》里的"入溆浦余儃徊兮",说的是自大江入小河前的屈原,对溆浦是荒凉还是世外桃源,有了迷惑。而他到底流放溆浦多少年，至今没个权威说法。

　　1938年深秋，祖父抗日阵亡于安徽宣城，尸骨没法还乡。但总有一抔黄土属于祖父和他的战友，那就是他们千年的屋。

　　庄子曾曰："吾以天地为棺椁，以日月为连璧，星辰为珠玑，万物为赍送。"

　　祖父是不识字的粗人，"以天地为棺椁"，于他，显然是被动的。不然他不会在祖母离世前的某年托梦给她，说她们母子都不管他，他没衣服穿，没得地方住……把祖母弄得痛哭流涕。

　　在祖母的葬礼上，父亲替列祖列宗包括祖父，烧了一座座华丽的纸屋，那是虚拟世界里先祖们的千年屋。想必祖父终于等到了祖母，只是先行太久的他，认得白发苍苍的祖母吗？

　　刚立春，民政部补发了祖父的抗日烈士证，父亲心愿已偿，祖父也不会再愧对妻儿了吧。

　　我和丈夫将来也会买双墓，紧挨着做伴，也能拌拌嘴。

　　那以后的清明，跑儿都会携着后人来吧，会在肃穆的花岗石墓碑前，点三炷香，放束菊花吧。

　　我们将安身在各自的千年屋，牵挂尘世间的后人，笑说世间种种好，怀念温暖与爱，绝口不提历经的欺骗与出卖。

第二辑　人在草木间

溆水拾珠

溯源溆水

北魏晚期的郦道元在《水经注》卷三十七中记载："沅水又东与序溪合，水出义陵郡义陵县廊梁山，西北流径义陵县，王莽之建平县也，治序溪。其城，刘备之秭归，马良出五溪，绥抚蛮夷，良率诸蛮所筑也。所治序溪，最为沃壤，良田数百顷，特宜稻，修作无废。又西北入于沅。"

汉高祖五年（公元前202年），义陵郡改称武陵郡，义陵县即溆浦。而廊梁山在溆浦南的黄茅园油麻村内，现名古廊山或古佛山。

近年，据水文工作者实地考证，溆水正源应为中方县蒿吉坪瑶族乡吉都堂村八角田组杉树坳后山一处岩缝，坐标为东经110度27分59.1秒，北纬27度31分29.5秒。古人到底不比今人，今人认定的源头是有科学依据的，譬如许多支流，得悉心判断，才能确定谁为干流。

源头，便易了主。

我喜欢点开高德地图，宏观上判断方位与距离，像古佛山与吉都堂的距离，此刻便一目了然——高德地图明确显示，吉都堂往西南三十余公里处，是古佛山。

并非所有的地方都能实地丈量，置身其中也不一定能弄清真正的距离。故而，有时置身事外去观察，在地图上对比，会发现方寸间，丈量地球上所有的距离是很容易的事情。

溆水是我的母亲河，我在地图上读到一个又一个熟悉的地名。走过的地方，在电子地图上清晰而有力量地存在。

一都河与山背

岩缝中蹦出来的那股泉，起初定不知自己得肩负使命，穿山越岭，跨过丘陵与平原，一路往北再西行。

其实，它一开始并不是往北，而是往东南。

探路到黄茅园镇七里村朱家冲时，这条清瘦的河流跟224省道捉起了迷藏，它扭着并不丰满的腰肢，向南流到黄茅园祖下坪，彼时它叫龙潭河。

在祖下坪，它接纳了打东南来的景江溪，再东折流至龙潭镇的石湾。此时，像皇帝纳妃般，它又欢喜地接纳了横板桥溪。

龙潭河像龙潭人一样温雅，因为龙潭是个有文化底蕴的宝地，当地人重读书。

穿过龙潭镇，河流往东北行，抵达葛竹坪镇双江时，圭洞溪又投怀送抱了。它铆足了劲儿向北，奔入葛竹坪的楠木冲，又接纳了东南来的葛竹坪溪。深山里的溪流娟秀清冽，龙潭河如虎添翼，底气不自觉地足了，开始像战士一般折向西，杀入北斗溪镇的林果村。

林果以下，龙潭河改称二都河。承上启下，龙潭河也得名一都河。

龙潭河流域的人，是溆城人眼里的龙潭佬，也叫"一都佬"。他们的方言更接近洪江洗马，跟溆水源头蒿吉坪的方言也差不多——共饮一江水，同说一地话，是有趣的人间现象。

龙潭是溆浦的南大门。龙潭人一般不说自己是溆浦人，直接宣称：我是龙潭人。

一都河水系，有著名的米粮洞、木鳌瀑布、古村落阳雀坡，更有近年声名大噪的山背梯田。

山背居住着一个奇特的瑶族分支——花瑶。他们与贵州紫云的大花苗一样，皆喜鲜艳服饰，都是"嗨歌"好手。花瑶的国家级非物质文化遗产——花瑶挑花，更是远近有名。

溆浦花瑶不像隆回花瑶集中住在虎形山瑶族乡，他们藏在崇山峻岭、层层梯田中。不仅山背有花瑶，沿溪、中都等高山地区都有零星分布，他们曾是镇上人眼里的"界牯佬"。虎形山那边是隆回，背面是溆浦山背。1953年以前，虎形山和茅坳皆属溆浦十大瑶峒中的一支——白水瑶峒，之后划归隆回县，原本属溆浦的花瑶，成了隆回的花瑶。

虎形山的旅游开发颇早，隆回花瑶先为世人所识。溆浦花瑶每年都去虎形山参加三次"赶苗"活动，虎形山的花瑶妹，不时被溆浦花瑶哥的情歌打动，情愿嫁到当时不如家乡富裕的溆浦界上来。

第一次赶苗叫"讨念拜"，每年农历五月十五至十七，在虎形山的水洞坪举行。明万历元年（1573年），明神宗遣数万人镇压溆邵瑶民，历时三年零六个月。待朝廷收兵，花瑶人便议定由奉姓瑶王主持"讨念拜"，以纪念受难蒙羞的岁月。"讨僚皈"分两次，先是农历七月初二至初四，由刘姓瑶王在茅坳举行，意喻"逃脱凶恶的菩萨"，纪念在江西鹅颈坪大丘黄瓜与白瓜下幸免于难的族人；第二次，则于农历七月初八至初十，先在崇木凼举行，后改在五里外的小沙江街上，以纪念清雍正元年（1723年）瑶民被清兵镇压的惨痛历史。三次纪念先民的活动，渐演变成赶集、聚会以及对歌和谈情的喜庆节日。

有一年，我随朋友去崇木凼赶苗，可惜早去了一天，又当天返回，没来得及见识传说中的"讨僚皈"。

不久前，溆浦籍著名企业家陈黎明的公司与隆回县政府签订了开发合同，虎形山和山背将被联合打造成雪峰山大花瑶景区。届时，天南海北的人，均可坐着高铁来山背看梯田与花瑶了。

二都河与刘家渡的舒新城

到了林果，一都河有了新的名字——二都河。河流折向北，至光明村时，东南有九溪江汇入。再至回春，猫儿江自东南汇入。

北斗溪镇李家湾，有传说中的红毛将军"闯王"故居，有森林覆盖率极高的康养小镇。这一带的险滩达二十余道，宜夏日漂流。

二都河再北上，诗溪江悄声汇入，穿岩山闪亮登场。

穿岩山在统溪河镇。外地人易误会统溪河是一条河，其实它是地名。穿岩山国家森林公园在统溪河辖区，有雁鹅界、枫香瑶寨和茶马古道等。

我在穿岩山穿行数十次，打禾、摸稻花鱼，与花瑶姑娘围着篝火共舞，看傩戏，跟其他城里人一样，常醉在山里不愿归家。早几日，三位来自省城的闺蜜竟专程坐高铁到雁鹅界和山背小住几天，说是受我的文字蛊惑而来。我问："我没夸大其词吧？"她们齐声道："比想象中更好呢！"

二都河到了统溪河，河面愈发开阔。它神气地往沅水继续迈进，飞快抵达水东镇刘家渡村。附近的小南岳山下，高明溪悄无声息地自东南闯入二都河。

说到刘家渡，得提舒新城。

众所周知，舒新城是《辞海》前主编，与毛泽东主席同龄。舒姓是溆浦大姓，舒新城是从刘家渡走出去的中国著名学者。

我只去过一次刘家渡。二都河畔，良田一丘连着一丘，村路在良田里穿行，间或有砖楼点缀在田野阡陌间，鸡飞鸭走，一派社会主义新农村的景象。

去时，舒新城故居尚未修缮完毕。之后我在北京学习，有幸随怀化电视台记者去拜访过舒新城的小儿子泽池，泽池夫妇随独生女住在通州一套有艺术情调的复式楼里。身为音乐家的泽池，温雅谦和，很有文艺范。一家人对老家去的人都热情，泽池还弹钢琴给我们听，在他们身上，我嗅到了舒新城的往日气息。

旧时有书读的，多为富家子弟。舒家是佃农，因舒新城是独子，家穷也节衣缩食送他入私塾。那年舒新城五岁。实在交不起"束脩"的时候，他辍学当过一阵子学徒。几经周折，他进了有伙食补贴的溪口郦梁书院，十五岁就读免费的县立高小。

1912年秋，为了反抗包办婚姻，舒新城离家求学。断了家庭经济资助，舒新城只得靠沿途卖字卖文到了长沙。连中学文凭都没有的他，借了同族舒建勋的中学文凭，考入湖南高等师范（湖南大学前身）专攻英语，费用全免。好景不长，冒名考学的事被揭穿。校长符定一认定"舒建勋"爱书如命，是可塑之才，没有追究他冒名考学的事，破格留他继续求学，让他恢复了本名。舒新城大学毕业时二十四岁，先后赴长沙、南京及成都等地任教，编著过多种教育书籍。

1922年秋，中华书局的创办人陆费逵应邀去上海吴淞中学演讲，邂逅了当教员的舒新城。陆费逵认定舒新城是主编《辞海》的不二人选，数次相邀，都被一心搞教育的舒新城婉拒。1928年春，陆费逵再次长信诚邀，终于感动舒新城，舒答应出山。陆费逵自己只拿二百二十银圆的月薪，给舒新城开的月薪却高达三百银圆。两年后，舒新城兼任中华书局编辑所所长，1936年出版《辞海》上册，第二年出版下册。

1959年春，毛泽东亲自点将，时年六十六岁的舒新城挂帅，再次出任《辞海》主编。舒新城妻子刘济群称，1960年2月，舒新城被确诊为肠癌晚期，但做完手术，在医院只卧床了十七天。他即便卧床也没休息，坚持审阅书稿。出院后，他天天自带干粮往上海图书馆的徐家汇藏书楼跑，忙着找参考资料。经不起这般劳累，他病情恶化到再次入院，天天做的事，依旧是审《辞海》第二稿，写意见条。1960年11月28日，舒新城为《辞海》耗尽最后一丝心力，溘然长逝。

2017年秋，刘家渡迎来了尊贵的客人，舒泽池携姐泽珊、夫人及女儿、女婿，回刘家渡认祖归宗。舒新城离乡后，只回过一次刘家渡，后人替他还了乡——不会方言的他们，一定听得懂乡音吧！

二都河沿岸居民口音相似，皆被戏称为"二都佬"。"二都佬"舒新城，是否和县城的向警予一样，虽远游在外地，乡音却未全改？

过了刘家渡，二都河经过著名作家王跃文在获鲁迅文学奖的中篇小说《漫水》中写到的老家。早些年，高德地图搜不到漫水，只有万水，这几年才恢复了漫水的村名。

过了漫水，到溪口，溪口江自东南气喘吁吁地小跑过来。南方喜欢把小河称为江，就像高原人把湖称为海子。溪口江自然是小河，就连溆水，也只算小河呢！

二都河流过银湖村，刚到卢峰镇车头村，东北方注入了四都河。二都河自此变成了"丰腴少妇"，昂首阔步西流入城。此时，三都河正经过枣子坡、溆浦一中和长乐坊，西流汇入二都河，与三都河挟出一道狭长的河洲。

有一夜，我散步过寡妇桥，方知河洲成了辞海广场，舒新城先生在天上看得到吗？

三都河的向达

源出均坪镇纱帽垴的三都河，又名大潭河，自木溪经谭家湾、观音阁,到长乐坊与二都河交汇,干流不过五十余公里。

说起三都河,得提及枣子坡的溆浦一中。我读初一起,枣子坡就没见过枣子。坡下,一条窄窄的马路将校园与村庄隔开,马路通向罐头厂,还延伸到桥江。

读高三那年,我和芬、芳常常去河边,芳唱《游子吟》,我和芬望着西流水发呆。年少的我始终不明白,三都河为何向西流呢?

如今芬在珠海,芳居东莞,都远离了文学。那年同学大聚,她俩羡慕我圆了文学梦。我们那一届考得最差,包含复读生在内七十多人的文科班,考上的只有几个。芬与芳选择读自费大学,毕业后去了南方,而我按部就班地工作、出去读书,再回小城结婚生子。

三都河流域的"三都佬",口音跟"二都佬"略微不同。

著名历史学家、考古学家、敦煌学专家和中西交通史专家向达就是"三都佬",1900年2月19日,他出生在三都河畔麻阳水向家仁的小官吏家庭。早年丧父的向达,幸得寡母悉心栽培,从明德中学考入南京高等师范学校(今东南大学)。

1935年秋,向达被派至牛津大学博德利图书馆作交换馆员。他花了一年多的时间,在伦敦不列颠博物院阅读被斯坦因窃去的大量敦煌写卷。因有人从中作梗,向达只读了汉文和回文卷子五百卷,但聪明的他将重要资料拍了照,还给每一卷写了卡片,记上编号、卷子名称、长短与所存行数。1937年冬,他去法国巴黎国家图书馆阅读被伯希和窃去的敦煌写卷,又做了详细记录。1938年秋,向达回国,带回了英、法所藏石窟遗书的一些遗篇断简的照片和有价值的数百万字资料。

1942年,向达受北京大学委派,参加中央研究院组织的"西北史地考察团"。才考察了三分之一的莫高窟,他便在三日内写成《论敦煌千佛洞的管理研究以及其他连带的几个问题》,建议将千佛洞收归国有,由学术机构管理。他又致信历史语言研究所李济和傅斯年,汇报西行考察情况，谈及千佛洞保护一事。

1944年，向达任西北科学考察团历史考古组组长，负责考察敦煌一带的壁画艺术，发掘了一批汉唐墓葬和遗址，参与了由敦煌艺术研究所发现的六朝残经的鉴定，发现的七十多件编号为68的残经皆为珍贵的北魏时期资料。参与第二次敦煌考察时，向达期待学术界在重视写本和石窟壁画之外，开辟敦煌学研究的新领域。尽管缺少接济和帮手，且面临匪患及人事的重重折磨，向达仍坚持抄录了大量珍贵资料，著出诸多论文，真正从考古学意义上提出莫高窟的保护问题。他在《大公报》上发表的文章，促成敦煌石窟保护工作的实施。

向达曾出任北大与浙大教授，新中国成立后任北大图书馆馆长及历史系教授。

四都河的严如熤与舒梦龄

四都河发源于让家溪圣人山东瓜岭，自东向西流，经水隘、谭家湾、低庄、双井与桥江等地，至卢峰镇车头村汇入二都河。

四都河流域的"四都佬"紧邻新化和安化，聪明干练，是溆浦人里最会做生意的。"四都佬"口音特别，语速跟性格一样干脆利落。相比之下，辰溆片的龙潭话（一都话），跟龙潭人一样温和绵软。我一直把"桥江佬"归为"三都佬"，他们的口音跟"四都佬"略微不同，跟"二都佬"（县城）口音更近。但仔细看地图才发现，桥江介于三都河与四都河之间，有些原属桥江的村庄属于三都河流域，但四都河也穿镇而过。我有些犯难，接下来要写的这位历史人物，到底算"三都佬"还是"四都佬"呢？

四都河东岸的桥江镇章池村（今槐荫村），在清朝出过著名军事学家、地理学家严如熤。我去过两次严如熤故居，那是一座年久失修的青砖黛瓦、红石基脚的四合院，老墙长满野草，雕花木窗精致。彼时我不知他是何方神圣，只知道严姓是桥江大姓。

出生于清乾隆二十四年（1759年）的严如熤，十三岁就读于岳麓书院，乾隆五十四年（1789年）举优贡。他撰写的《苗防备览》和《平苗议》十二则是乾隆年间朝廷重要的军事论文。他写过"一部面世于鸦片战争前夕论述我国海防的巨著"《洋防辑要》。常年辛劳的严如熤于1826年病逝于陕西任上，享年六十七岁。他死后，"秦民巷哭，如失慈父母"。朝廷追封他为布政衔，归葬于桥江望江坡。时任湖广总督陶澍给他写了四千多字的墓志铭。

《溆浦县志》记载，章池村得名于"章，即文章；池，即墨池"，足见章池村的读人人多。严氏家族一些读书人通过科举考试跻身官场。严如熤、严正基和严咸祖孙三代，在清朝中叶有一定影响。清末至民国，溆浦民谣唱："溆浦长乐坊，二十里路上桥江。桥江场坪宽，摊子摆两边。左儿湾，右儿湾，双龙抢宝在黄潭。前有铁牛镇水，后有紫金名山，章池严家出大官……"

清道光二十三年（1843年），严如熤长子、湖北布政使严正基参与编纂《章池严氏族谱》，绘制的"章池严氏住宅图"，显示有高楼古宅三十多栋。

清同治二年（1863年）二月二十日，听说严正基去世，因战事未能亲赴吊唁的曾国藩，特委派向达的祖父向师棣带亲笔信一封，前往章池村吊唁，并劝说其子严咸出仕，莫误前程。

章池村不知何时易名槐荫村，后人为纪念严氏父子，将附近的槐荫山改名为望乡坡。一路往西南疾走的四都河，在槐荫村那一段，叫宣扬江。

溆浦双井镇当年叫花桥。花桥的舒梦龄，出生于清乾隆晚期的1785年，他有着书卷气的名字，也有着口碑良好的清白人生。

童年的舒梦龄在湖北来凤大河镇楠木坪村生活过，年幼因家庭变故，不得已投奔大伯父曰浩公。口浩公送他上私塾，也将不少家务活与农活压在小梦龄肩头。一心读书的梦龄顾此失彼，有次放牛时，因忙着背书，未留意牛，使牛坠入山崖摔死，被伯父一顿责骂后，他离开楠木村，去两河口舒家台二伯父曰理公的家继续读书。

因户籍在老家，舒梦龄回溆浦参加应试。清道光二年（1822年），三十七岁的他赴京参考，以第三十七名的成绩中了进士。

从仕数十载的舒梦龄，历史对其评价是"廉明干练，善于听断"。清道光五年（1825年），舒梦龄被道光皇帝钦点为翰林，先后任安徽巢县知县，亳州、泗州知州，凤阳、太广和安庆知府，宁池、太广兵备道兼管芜湖钞关。后又改授山东登莱青兵备道、山东按察使兼署盐运使。在担任泗州知州期间，海盗横行，舒梦龄迅速整顿军队，建造兵船，巡视搜捕，未及两月，盗匪远遁，商旅自此畅通无阻。

晚年的舒梦龄解甲归田，用俸金在溆浦兴办义学，购置田地，长期资助贫困学生，一时间传为佳话。

溆　水

四条名字里都带"都"的小河，在溆浦县城汇成《水经注》里的序溪，即溆水。

溆水南岸叫城南，北岸叫城北。城北为老城区，向警予故居及她创办的学校，均在溆水北岸。

刘家渡到仲夏，沿河皆属溆水盆地，两岸曾橘林茂密。盆地中部的梁家坡，考古出西汉武陵郡的古城遗址，马田坪一带更发掘出不少西汉墓地。

西行的溆水，在红花园村折向西南，至红星又西行，再入思蒙仁里冲,纳入虾溪。丹霞地貌的思蒙,是"新潇湘八景"之一,有"小桂林"之称,是无数异乡人神往的国家级湿地公园。

溆水到了小江口,一段长达十公里的屈子峡浮现:山高蔽日,沿岸有屈原庙、马王庙、吊脚楼和栈道。河流再往东北,出小江口,河面宽阔,经鬼葬山悬棺及郑国鸿将军陵园,又至立新村,再往西,至大江口犁头嘴注入沅江。

犁头嘴往码头上走,是江口下街,是我外婆的家。外婆当年住过的窨子屋,仍在那条斑驳的下街。

沅水在大江口悠悠而过。在大河边生长的江口人眼里,西来的溆水是小江小河。他们并不知,从杉树坳后山岩缝里蹦出的那股清泉,起初也并不知道自己能一路纳百川、载千愁,北上,西行,成为沅水支流。而沅水携着诸多溪河的期冀,奔入洞庭、注入长江,最终归于东海。而世间万物,在历史的长河里,都翻卷过属于自己的浪花。

溆水沿岸的"几都佬",连同口音搭界安化、新化的三江人,以及住在大河边的大江口人,都在历史上,或轻或重地涂下了光辉的一笔。

这一定是让溆水倍感欣慰的。

外婆的窨子屋

溆浦大江口犁头嘴，是我少时每年寒暑假必去的地方。那时外婆还住在那里。

犁头嘴在沅江和溆水的交汇处，因地形像犁头而得名。

外婆住过的街，叫江口下街。记忆里的街道，跟后来在黔城和洪江古商城见过的差不了多少。

姐姐小时就跟着外婆生活，一直到小学毕业才回父母身边。而我自生下来一直随着父母生活，一大家子经历了无数次的迁徙，最后才扎根怀化这座城市。

印象里的江口下街，有外婆住过的吊脚楼和窨子屋。很多年后，我才问明白，为何外公外婆在下街没有自己的祖屋。外公以前是镇上大户人家的少东家，是读书人，个头颇高，英俊儒雅，长得像达式常。他乐善好施的美名一直流传到现在。20世纪30年代中期，一场大火烧掉了外公的房屋，他还因此惹上一场官司，下街原有的几处产业都变成别人家的了。迫于生计，外公当起了屠夫，常给穷苦街坊赊账，有时连钱也没收。新中国成立后，外公还做过夜校老师……

外公外婆心肠好是出了名的，据说外婆当年给叫花子盛饭都是去锅里盛的，从不给剩饭。

虽然家道中落，甚至变得清贫，但外公外婆的七个子女都争气，相

第二辑 人在草木间

继外出工作。只可惜，外公没有享到儿女孙辈的清福。他去世时，我尚在襁褓。姐姐说："也真怪，外婆年轻时都照过相，偏偏外公没有。"以致家人提起外公，我只能在姐姐的描述中想象外公的模样。

我年幼时，外婆还住在沅江边的吊脚楼里。她和几个街道老太轮流守着一个杂货摊子。外婆负责时，摊子就摆在她家门口。所谓杂货摊，各种东西都有，尤其是吃食。姐姐说，她小时常趁外婆不注意，偷苹果吃。那时节，苹果是多金贵的东西。我也记得，每次去大江口看外婆，我都能吃到她亲手做的油炸锅巴，还有她的拿手好菜——豆角腌。当然，我还会跑去买下街的碗儿糕……童年印象中，最鲜美的小吃当属江口下街的碗儿糕了。

后来，吊脚楼的房主落实政策返城，政府退回其祖屋。外婆就搬到斜对门已充公的窨子屋的二楼。我那时才晓得吊脚楼并非外婆自己的屋。我慢慢长大，外婆渐渐老去，杂货摊子不见再摆。

窨子屋的后院有一口奇怪的井，它通向屋后的小江（溆水）。平时井水清澈见底，但碱水重不能喝，邻里都来井里挑水洗衣洗菜。可一到下雨天小江涨水，井水也就跟着成了浑水，要到天晴才会转清。

晚年的外婆是幸福的，儿孙满堂。起初她喜欢一个人住在窨子屋，每天在东家打牌，西家玩耍。我上高中后，有一年去看外婆，邻居告诉我，她可能在某某家。外婆见到寻上别家门的我，笑着说："我先打完几把牌啊！"然后才意犹未尽地带我回窨子屋。在窨子屋二楼满舅住过的房间里，我翻到不少他和当年在湘潭上班的舅妈之间的恋爱信。我总趁外婆不注意，一封封拆来读。我还在房间寻见母亲年轻时在杭州开会的集体照，照片上的母亲秀丽苗条，比父亲嘴里"一般"的长相出众很多。外人都说我跟年轻时的母亲有点像，我就无端地发起愁来：我老后，也会是老妈这个样子？

再后来，外婆更老了，儿女们不再放心她独居。她离开窨子屋，开始在每个子女家住上一阵子。我娘家当时是宽敞的两层楼房，我刚结婚那些年一直住娘家。外婆来我家住时，祖母健在。祖母只有父亲一个独子，外婆有七个孝顺的儿女，她的幸福总让祖母好生羡慕。母亲几兄妹对外婆一向言听计从，外婆老了以后变得极爱唠叨和任性。我依旧黏着祖母，这让外婆看不顺眼，经常找茬子说我。娇生惯养的我受不了她的唠叨时，就跟她顶嘴。外婆就老跟我先生一本正经地开玩笑："阿伟啊，四妹子不懂事，你要多帮助她啊！"直到现在，先生还时不时"拿着鸡毛当令箭"，学着外婆的口吻批评我，而后，得意扬扬地宣称："这可是外婆的嘱托。"

八十四岁高龄的外婆临终前一段时间半身不遂，孝顺的儿女们轮流去大江口镇的小舅家伺候她，天天陪着她玩"跑胡子"。去看她的亲友络绎不绝。她过世时，小舅家非常热闹，好些我不认识的人在外婆灵堂前痛哭流涕，感念当年外婆时常接济他们。下街的老街坊自发跑到外婆灵堂前来烧香……外婆生前爱打牌，舅舅们特意在棺材里放了副崭新的字牌。出殡那天清晨，浩浩荡荡的队伍从新镇出发，孝子贤孙一路跪拜，重新经过上街、下街，直至犁头嘴，再坐大船逆流而上，把外婆埋到对江的高山腰上与外公做伴。经过上街和下街时，几乎家家户户在门口上着三炷香，为外婆送行。毕竟外婆在街上生活了几十年，外公外婆又有一世的好人缘。

自此，下街、犁头嘴以及窨子屋就淡出了我的视野。

溆浦人的五月半

湖南溆浦过端午较为特别，兴过农历五月十五。《溆浦县志》载："端午做角黍，饮蒲酒，簪艾叶，插朱符，为竞渡之戏，而俗以初五为小端午，望日为大端午。"缘何如此，我听说过两个版本：一说与屈原有关，一说与马援有关。前者说，公元前278年五月初五，屈原吟咏着"滔滔孟夏兮，草木莽莽。伤怀永哀兮，汨徂南土……"在汨罗抱石投江。噩耗传至他流放过的溆浦，已过十来天。溆浦一带，自此以五月十五为端午节。后者说，公元48年，武威将军刘尚出征湘西剿五溪蛮，全军覆没。年过六旬的马援主动请缨。举兵日，正值五月初五。马援趁蛮酋过节，饮酒过量毫无防备，一举将敌方击败。十天后，他杀猪宰羊犒劳将士。之后，溆浦、辰溪等大湘西一带兴起了过大端午，俗称"五月半"。

我居怀化多年，既过小端午，也过五月半。小端午过得潦草，五月半过得隆重。在异乡的溆浦人大抵如此。

溆浦人在五月半也兴包粽子。最有特色的，当属因酷似枕头而得名的枕头粽。据说屈原投江的消息传至溆浦，家家户户将煮好的枕头粽用小船运到河中央，边往河里丢，边念念有词："鱼兵虾将听我言，莫吃屈原大好人，要吃就吃枕头粽……"

平铺几张洗得干净的箬竹叶，将上好的生糯米搁在叶子上。糯米正中间搁上切成长条的五花腊肉,加胡椒粉、五香粉等,将箬竹叶裹紧成圆柱体,再用棕榈叶当绳了,将圆柱体箬竹叶"五花大绑",再码入大锅。有条件的用山泉水蒸煮,用文火煮一晚,肉与油会渗入糯米中,好看又好吃的枕头粽就熟了。

父亲是邵东人,记忆里,我没见过祖母与母亲包粽子。当年住溆浦时,每逢五月半,大大娘(母亲的大嫂)会帮忙煮好枕头粽和三角粽送来。举家迁怀化后,大大娘也老了,再没吃过她的枕头粽。但每年总有溆浦熟人送几条枕头粽过来,给我们解解馋。近年,溆浦人发现商机,开起了粽子作坊。还没到小端午,枕头粽就通过快递传到了大江南北,解了无数在异乡的溆浦人的乡愁。

今年,同学"伍佰万"囤了不少龙潭合田的白丝糯,说是冷水田的。他采购山里腊肉,早早开始秘制枕头粽。我问:"你请哪的师傅做?"他呵呵一笑说:"伍师傅自己做。"看到我惊讶的样子,他说:"小时见家人做过,很简单啊!"我批评他的枕头粽原料虽好,但没小时候吃的香。他说:"那我继续去粽子作坊偷师学艺吧。""伍佰万"姓伍,中专毕业被分在市里某企业。下岗后开始做生意,先是在步行街做了多年服装生意,积攒了数桶金,得外号"伍佰万"。这些年实体经济不好做,他尝试做过农业,几十万下去打了水漂。如今他开着奥迪,跑到老家创业,做枕头粽,也算传承了溆浦文化吧。

既然有"五月半",中秋节就成了溆浦人的"八月半"。一到五月半,家家户户都飘出黄豆炒仔鸭的诱人香味。母亲做的鸭子尤其好吃。奇怪的是,就算母亲在旁边监工,我和姐姐做的鸭子硬是不如她做的。八月半,溆浦兴吃鹅。溆浦女婿或准女婿,五月半得备鸭两只,八月半得拎两只鹅,去丈母娘家拜节。溆浦人大多喜欢选择八月半"上门",图的是花好月圆。"上门"即订婚,"过礼"时除了礼金,还得备其他的"四样"或"八样",鹅必不可少。女方家则退礼一半。因而,每逢佳节，土鸭与溆浦鹅的价格便节节攀升，商贩子知道再贵你也会掏钱买。只是一到傍晚，鸭或鹅的价格就会迅速暴跌，那时的节，大都拜完了。

当年，有位男生，八月半兴冲冲地拎只大白鹅去女友家拜节。女方父母看不上他，将他拎去的鹅丢了出来，他沮丧地将鹅拎到另一单身同学处。同学笑他说："赶紧拎回家孝敬自己父母吧！"大家以为他俩黄了，可他们又成了。

溆浦大江口的"扒龙船"，也说是为了纪念屈原。端午节的龙舟竞渡，据考证早在春秋前，即为南方吴越一带的图腾祭祀习俗。

十五岁那年，我跟着姐去大江口看"扒龙船"。姐当时在沅江西岸的省维尼龙厂工作。对岸是犁头嘴和顿旗山。顿旗山在犁头嘴对岸折成直角，延伸到溆水北岸，而从犁头嘴的古码头上去，是江口镇的下街，我外婆家。

那年五月半，河滩上人山人海，日头烤得河滩和我都冒着烟似的。几十艘龙船在比赛。四十米长的龙船，翘起丈多高的船尾，成钢叉状，酷似龙尾。每艘船上配七十二位水手，还有放铁炮的、吹唢呐的、挥舞破蒲扇的、男扮女装搞笑指挥的，裹挟着楚地巫风的神秘与野性……

五月半"扒龙船"，一直是溆浦人的盛事。最热闹的一年，六十多艘龙船在犁头嘴上下两公里的河段里"会龙"。船多了，难免有无意的碰撞和有意的挑衅，沉船、落水、打架的情况经常出现，严重的还淹死过人。

2003年的五月半，龙舟盛事正进行。锣鼓喧天的江中，有两条龙船纠缠在一起，双方竟用桨斗起殴来，有人被桨打下了水。旁边几艘龙船凑上来参战，一时间，江面乱作一团。附近两个村的龙船掐架了！莲花村一艘机帆船冲了进去，使得两三百人先后落水。江边长大的汉子大多识水性，最后几十人受伤，死了好几个……欢欢喜喜的龙舟赛演变成一场悲剧。

大江口一年一度的"扒龙船"自此被政府叫停，龙船均被销毁。

十年后，大江口龙船又"扒"起来了。《九歌》里的场景重现："驾飞龙兮北征……横大江兮扬灵。"

那年湖南电视台的元旦晚会捧红了刘欢，没捧红黎亚，但陈小奇填词的《湘灵》，我还能完整地唱下来："是什么时候的秋风，吹来潇湘古老的梦。是什么时候的琴瑟，还在等待涉江的芙蓉……"着白衣的黎亚衣袂飘飘，在我心头晃了三十多年。

那年屈原文化节，我跟着大部队，重走过一回屈原入溆路。犁头嘴古码头上的鸬鹚、江口下街、外婆的窨子屋……在回望中渐渐清晰。

五月半，外婆在吊脚楼里包的枕头粽，窨子屋旁的碗儿糕，老父亲年年帮我家门口挂的菖蒲与艾叶，还有《涉江》里的那一句"入溆浦余儃佪兮，迷不知吾所如"……都是怎么也飘不散的楚风古韵啊！

云端上的溆浦花瑶

一

说起花瑶,很多人会先想起湖南隆回虎形山的花瑶。

我刚参加工作时,被分配在溆浦两丫坪,就隐约听说隶属于两丫坪的沿溪、金垅、北斗溪均有花瑶,听说他们生活在白云生处。

彼时,年轻的我,只一门心思想回城,对在赶集时偶遇的穿着艳丽服饰的少数民族女人司空见惯,压根没想起去探究。乃至多年来,即便我走遍大江南北:去贵州探访大山深处的大花苗,去呼伦贝尔结识粗犷豪放的蒙古族人,去云南更是被白族、彝族、哈尼族、傣族撩拨得眼花缭乱,也没有想起,当年擦肩而过的溆浦花瑶。

直至那年盛夏,我应邀去隆回虎形山崇木凼"赶苗",才匆匆记住花瑶的服饰、瑶寨的参天古木和绿意葱茏的田野阡陌,才猛然想起,早被我忘到九霄云外的溆浦花瑶。

我一直没弄明白,虎形山的花瑶与溆浦花瑶有何渊源。最后在溆浦民俗专家禹经安的一篇文字里探寻到蛛丝马迹:清同治年间的《溆浦县志》早已记载,隆回虎形山和茅坳的花瑶,原是溆浦十大瑶峒的一支——白水瑶峒,1953 年两地划归隆回管辖。这几年虎形山大力发展旅游业，隆回花瑶因此声名鹊起。

藏在深闺人未知的溆浦花瑶，在山背梯田层层叠叠的故事里，一直是一个传说。

相传，花瑶的发祥地原在黄河以北，因其部落战败于黄帝部落而迁徙南下。我未曾考证的是，不论是汉族还是花瑶，南下时为何均经过江西？据说，花瑶人在江西暂居时又遭当地统治者围剿，只得四处逃命，不少老弱妇孺躲在黄瓜棚下得以保全性命，故其祖先留下古训："永传后代，要越过古历七月初二才食黄瓜。"黄瓜成了花瑶世代敬奉的生灵。明洪武元年（1368年），在洪江生活了两百来年的花瑶又顺沅水而下，溯溆水上龙潭，定居今雪峰山东北麓溆浦、隆回两县接壤处的崇山峻岭中，从此过着与世无争的世外桃源的生活。

花瑶是瑶族的分支，因服饰绮丽多姿而得名。可花瑶人不知瑶族的鼻祖为盘王，更不知盘王节，他们不信佛不信神，只信奉护佑他们的山石。花瑶人有自己的语言，却无文字，靠口头传述与风俗沿袭传承本民族的历史。好在如今花瑶人均会汉语，不用再担心本族的历史传承问题了。

他们居住在云端，成为山外人眼里的一道奇特风景。

二

盐井花瑶稀落地藏缀在溆浦沿溪乡杨柳江村。高山之巅的瑶寨一年前起了场火，十来栋木屋转瞬成废墟，只剩满目疮痍的空屋架至今默对群山。在各方捐助下新起的砖屋还来不及装修，估摸得将就着过个新年了。

瑶家木屋已成过往，唯青山和花瑶人记得它们的模样。

盐井花瑶的女人们得知我们要去，特意换上民族盛装，有些还描眉涂口红，颇有几分时尚。年轻母亲怀里的孩子睡睡醒醒，见着我们便咧开嘴笑，不认生。一位瑶家大叔的脸上沟壑纵横，眼神却如婴孩一般纯净，他还示范起瑶家的约定习俗"对木口"。我问一位隆回口音的年轻女人："你是隆回那边嫁过来的？"她爽朗一笑说："是啊！"我笑问："隆回好还是这边好？"她迟疑一下说："当然那边好。"言语却平静，神态也自若。我揣想，她肯放弃已成风景区的虎形山嫁到盐井来，想必是那个当年到虎形山"赶苗"的盐井小伙用歌声和赤忱打动了她——心上人在哪，家在哪，即便过着简朴甚至艰苦的日子又何妨！这何尝不是很多女人的心愿？

我们跋山涉水抵达的第二座汉瑶混杂的大村寨，是沿溪金垅黄土坎的芦茅坪。寨子房屋鳞次栉比，却显得空空荡荡，许是今年的年过得晚，打工的青壮年都还没回吧？五六个瑶家小孩倚靠墙边，好奇地打量着我们这群城里人，只有他们脚边的几只鸡，才懒得管谁来了，正埋头啄食呢。一位汉瑶服混穿的中年男子坐在自家门槛上，抽长长的旱烟袋，间或眯缝着眼，在烟雾中怡然自得。嘻嘻哈哈围拢的瑶族阿妹服饰大同小异，清一色的挑花筒裙图案简繁不一，有些着蓝色对襟上装，有些着白色对襟上装。

芦茅坪地处相对平坦开阔的山谷，远处群山围绕，四周有良田，有小溪潺潺绕过……那一刻我真有留在芦茅坪的意愿呢。

汽车盘旋在去葛竹坪的公路上，从车窗望出去，远处是层峦叠嶂忽远忽近的群山，近处尽是当地摄影师墨黑眼里的绝妙"小景"，那些梯田虽不及山背梯田壮观，却也玲珑曼妙。

三

葛竹坪的山背梯田正逐渐家喻户晓，其稻作文化与花瑶文化也日益灿烂辉煌。与相邻的虎形山不同的是，虎形山的花瑶相对集中，而山背花瑶则点缀在错落有致的梯田中。

山背原称"三杯"，因三处梯田状若杯口而得名，后不知何时何故，地名演变为"山背"。不过，顾名思义，虎形山的背面，也颇具诗意。

去山背之前，我去过紫鹊界梯田，曾念念不忘，还专门写了篇文章。后来，家乡文友笑说："山背梯田更大气磅礴呢！"

我居然如此孤陋寡闻。

老天爷仿若知我心思，2014年，我多次探访山背——光影世界里的山背，夕阳下山时的山背，云雾迷蒙中的山背……可每次来去匆匆，虽领略过梯田不同时期的美，却始终与花瑶文化擦肩而过。

正紧锣密鼓修建的一条毛路，自山背公路的某岔口蜿蜒至山谷的北斗溪黄田。黄田的寨子远不如芦茅坪的集中：这个半山腰有两户人家，那个半山腰有三户人家，除此之外，皆为无穷无尽的梯田。谁在车上说，花瑶人确实勤劳，硬靠一双手，把瑶山打造成养育花瑶的福地，将其泼墨成一幅幅春夏秋冬的写意山水画卷。

深冬的梯田格外落寞，只有路旁几棵洁白的山茶花和路口的几株古枫做伴，当然，还有北风，还有人家。

好在，春快回了。

村主任家来了不少山歌好手，他们围坐在火塘前对歌，我只记下了其中的一首："唱歌嗨，唱歌嗨（注：龙潭话"嗨"是玩的意思），唱得桃花朵朵开。先开一朵梁山伯，后开一朵祝英台。十八妹，少年乖，两朵鲜花一起开。"

歌声悠扬，神情俏皮，我的眼前仿若出现他们在喜庆日子，在插田、砍柴时嗨歌的场景。

花瑶人不仅能歌善舞，妇女更是人人拥有一手挑花绝活。花瑶挑花无须模具，只需一双慧眼和巧手，花草树木、飞禽走兽、古老传说均能变为她们心上所想、手上所挑——她们循土布的经纬线徒手操作，立意巧妙、布局合理，展现出一派古朴繁杂的民族风情。女孩们自小在长辈的口传身授下学习挑花，出嫁时的十几条筒裙、腰带、绑腿等嫁妆，都得靠自己一针一线织就。成人女子的一条筒裙需飞针走线半年多，挑绣二十五万多针，想必针针都绣进了一个姑娘对未来生活的热切期盼吧！

传统花瑶妇女的一生便是一辈子守在大山里，挑花，做饭，带孩子，侍奉老人。溆浦花瑶历来不跟外族通婚，可在日新月异的新时代，越来越多的花瑶年轻人也出去闯世界了，长辈还管得住这些飞出去的鸟儿婚姻的选择吗？据说，虎形山的花瑶已跟汉族通婚，这不至于近亲繁衍，也让花瑶文化得到更好的传承。

真盼望有一天，也传来溆浦花瑶"瑶汉通婚"的喜讯。

四

山背花瑶居住人口最集中的地方恐属山背村的沈家湾。沈家湾在黄田与山背之间的半山腰，位于即将修成的公路旁。沈家湾一处应为寨子集会地的空坪，涌入一群盛装的花瑶。花瑶小丫头们穿着白对襟上装、挑花小筒裙，系着五彩束腰带，头饰类似《阿诗玛》里面姑娘们戴的，个个可爱呆萌，其中一个小女孩长得格外灵气：苹果脸、大眼睛、稚气可爱的神态，使她成了所有镜头的焦点。花瑶妇女的装饰最出彩的是她们的头饰，大多红黄相间，像反过来的斗笠，由将编织的花纹彩带缝合在竹斗笠骨架上而成。花瑶老妇的头饰简单，彩色头巾盘在头顶，上衣多为沉稳的蓝色。新娘装则为绿色缎面，下着挑花筒裙，与红黄的腰带相配，显得娇娆且喜气洋洋。这让我想起紫云的大花苗，他们的服饰也格外鲜艳。《怀化日报》的编辑晓宁感叹："大山里人烟稀少，唯有在服饰上下点功夫，才能在荒无人烟却层层叠叠的梯田间，像一束束山花般灿烂夺目吧？"

我们在沈家湾还领略了他们演示的"蹾屁股"习俗。"蹾屁股"是花瑶奇特婚俗中的一种。说是婚礼那天，在新郎家里，围坐半圈中青年男子，几声吆喝后，姑娘们纷纷挤进圈内，依次坐到男人的双腿上，再依次右移，且越移越快、越移越欢。坐在男人腿上的姑娘们，被男人的腿弹起，又重重地落下来，欢笑声、叫喊声此起彼伏……

而此次，男少女多，活动不算成功，倒是围观的人欢声笑语一片。我留心了下，怀化电视台年轻帅气的男主持人的大腿硬是被狠狠地"蹾"了好几屁股呢！

走访了几处典型的溆浦花瑶村寨，我对溆浦花瑶有了浮光掠影的了解。从盐井、芦茅坪，到黄田、沈家湾，一路走来，有感叹、有惊喜，更有疑惑。真想找一个长假，跟那些挑花女朝夕相处，请她们陪我到山背顶端的湿地走走，听她们唱唱山歌，看她们如何挑花，观察她们的饮食起居、喜怒哀乐，而后，与她们谈谈心，看看新时代的花瑶姑娘跟老一辈有何不同的思考，更想了解，她们在传承花瑶文化的同时，对大山之外的向往有多深，心里又埋藏着多少不为人知也无人可诉的心思。

大山一定懂得她们的心思，大山外的我们，也一定想知道。

而云端上的花瑶，将不再是寂寂无闻的山民，外面的人走进来了，他们，也将走出大山。